卡嘟里

迷霧幻想湖

小頭目優瑪1

文 張友漁　圖 達姆

親子天下

目錄

作者自序（十週年紀念版）

小頭目優瑪是這樣誕生的

張友漁

那是很久很久很久以前的事了，大約是一九九六年夏天的某一天。

我記得是在《老蕃王與小頭目》這本書出版之後，我到屏東三地門旅行，參觀了文化園區的雕刻展覽，有一個大型的立體勇士木雕吸引了我的注意，雕刻的手法粗獷豪邁，勇士雙手彎曲平舉在身體兩側，粗壯的兩腿也彎曲著，露出了代表族群繁衍的生殖器。那名勇士的臉看起來不像勇士，比較像是一個稚氣未脫的調皮孩童。

當時我心想，這木雕在三更半夜大家都睡著的時候，會跑出去玩吧？這就是【小頭目優瑪】系列中最早跳出來的角色，一個會在半夜出來玩耍，有生命靈氣的木頭人。

接下來冒出來的角色，是陶壺。我在三地門一家藝品店看到了一個大陶壺，上頭有四條百步蛇分成兩組，盤據在陶壺的兩側，十分有意思。我盯著陶壺上的蛇看了很久，腦袋裡冒出很多想像：

有一天，這兩條蛇終於逃走了，在陶壺上流下了兩滴眼淚！蛇為什麼逃走？又為什麼哭泣？

於是我有了《蛇從陶壺上逃走了》這個故事。醞釀了一、兩年，寫了近四萬字的小說，故事大意是說，百步蛇從一個很有象徵意義的古老陶壺上逃走了，隱喻部落文化受到漢人文化的影響，正一點一滴流失。寫作的過程中，心情很沉重，一點也不開心，因為牽涉到文化傳承與保留的問題，很重的東西壓在肩膀上，當然就不輕鬆了。

結果，這個沉重的故事就被擱置在抽屜裡。

作家的腦子裡通常不會只存放一個故事，而是有很多小故事在那兒等著長大。當作家去旅行、逛街或是去爬山的時候，腦子裡的故事就會跑到窗邊透透氣，翹首期盼作家帶禮物回來給自己。作家觀察生活、觀察人、觀察樹林，這些觀察來的東西經過想像和聯想，變成一種意念，它們會自己去尋找腦海裡的故事，進行配對，擦出火花，燃燒成某個炙熱的故事，靈感就是這樣來的。

有一次，我在逛街的時候，看見有人在賣比拳頭再大一些的小陶壺，很高興的買了兩個回家，擺在書桌前，每天看著那兩個陶壺胡思亂想：

不管這兩條蛇願不願意，牠們被安置在陶壺上數百年，煩不煩哪！一睜開眼就看見同一條蛇，該說的話早在四百年前都說完了，未來的日子該怎麼過下去呢？

如果這兩條蛇相看兩相厭，每天吵架，會吵些什麼呢？蛇又是怎麼吵架的呢？

陶壺就擺在書桌上，隨時都看得見，

▲這兩條相看兩厭的蛇，吵起架來，那可真是驚天動地了。

都會有新的想法。後來，我把《蛇從陶壺上逃走了》拿出來修改時，發現自己完全無法進入狀況，老天大概要告訴我，這個故事這樣子寫下去不是一個好主意。也許方向錯了，所以才會在創作的過程中卡住，感受不到半點快樂。於是我很痛苦的把寫了四萬多字的《蛇從陶壺上逃走了》扔進垃圾桶，只留下「蛇從陶壺上逃走」這個點子。你不能心疼，不能覺得可惜，對作品沒有幫助的東西，就得捨棄，否則對不起森林裡的大樹。

很年輕也很愛美的時候，我曾經作過一個夢。我夢見一個笑起來很誇張的胖仙子，她說可以幫我實現一個願望。我很高興，許了一個希望自己可以長高，雙腿也可以變得又細又長的願望，胖仙子聽完我的願望後，一臉賊兮兮的一邊狂笑一邊消失：「我會實現你的願望的，哈哈哈……」第二天我以為我長高了腿也變細了，但是沒有，我的腿變得像大象腿那麼粗，我急著大喊：「不是說要實現我的願望嗎？」胖仙子的聲音從高空中傳來：「我實現你的願望啦！哈哈哈，是相反的實現，哈哈哈……」我又氣又急，想著自己怎麼這麼倒楣，遇見實現相反願望的仙子，這下該怎麼辦？還好，最後我醒過來了。我摸摸腿，呵呵，和原來的一樣耶！

所以呀，再強調一次我常常說的，要養成寫日記的習慣，要寫下好玩又好笑的夢。看吧！如果我沒有記錄這個夢，卡嘟里森林裡就不會有調皮的扁柏精靈了。

我平常很愛蒐集種子，書架上擺了各式各樣的種子。有一陣子我很喜歡把蒐集到的種子埋進陽台的花圃裡，然後看著種子頂開土壤冒出芽來，木瓜、百香果、柳丁、蘋果、葡萄、合歡……小小的嫩芽和小貓小狗這些小小的動物一樣可愛。我的小頭目故事需要一些比較特別的角色，於是，我把熱愛種子的自己放進故事裡，這個角色就是瓦歷。

就這樣，我新故事裡的主角慢慢增加了：小頭目優瑪、陶壺上常常吵架的蛇、檜木精靈和扁柏精靈。優瑪的朋友也一個一個的來報到：吉奧、瓦歷、多米，還有一個很重要的角色，優瑪的姨婆，以前奶奶也出現了。角色都到齊後，我展開了全新的寫作，放下文化傳承的重擔，只想寫有趣的故事。當寫作的過程是享受的，那讀者肯定也能在閱讀的過程裡感受到愉悅。

【小頭目優瑪】系列從點子冒出來一直到第一本《迷霧幻想湖》出版，竟然已跨過九個寒冬；而整套書寫完出版，則一共花了十三年的時間。

親愛的讀者，你發現了嗎？一本書的誕生其實是許許多多生活中的小經歷、小念頭、小點子，甚至是一個好笑的夢組合起來的，我們除了要耐心等待，還要養成隨時記錄生活的習慣，有趣的、憂傷的、憤怒的、難堪的、莫名其妙的……都可以轉換成創作的素材。這就是我常常說的「觀察」，觀察別人，也觀察自己。你看見自己在某些行為中的反應，停下來想一想自己為什麼會這樣做或這樣想，誠實面對自己，寫下最真實的內在聲音，這會幫助你更了解自己，也更了解別人。

非常感謝親子天下重新出版這套書，讓我有機會將故事裡不太完美的地方，修改得更完美、更好看。

二〇一五年四月，十週年紀念版出版前夕

推薦序

幻想，可以使未來更真實

東海大學中文系副教授 **許建崑**

當西方幻想故事如浪潮般席捲而來，國內是否需要有相同類型的文學創作？讀意·耐士比特的《許願精靈》、路易士的《納尼亞傳奇》，或者羅琳的《哈利波特》，是否能夠滿足我們對「幻想」或「域外想像」的渴望？

創造出屬於自己的童話故事

張友漁這本書，讓我相信我們的確有能力創造出屬於自己的奇幻故事。雖然乍看之下，人物的名稱、情節的安排與外國奇幻故事相似，可是從書本前幾頁描述巨岩崩落、老頭目失蹤，十一歲的小娃優瑪擔負起保護部落之責，也必須去告知迷霧幻想湖的霧人這項危機，看得出來有「山雨欲來風滿樓」的氣勢。故事人物的對話、敘述危機狀態、物產所有權，以及相互的調侃取笑，讀來都有一種新鮮絕妙的語調。

讀完前兩章，這個充滿童真、歡笑、友誼，以及愛物、惜生的卡嘟里部落，已經浮現在讀者眼前。卡嘟里族人相信萬物有靈，有善意的檜木精靈，也有壞心眼的扁柏精靈，知道不可以胡亂的跟神許願；也懂得愛護生靈，關懷鄰族。頭目沙書優曾經教導優瑪放走懷有身孕的母飛鼠，讓優瑪也學會請求胖酷伊放走一頭神情哀傷的大山豬。岩石滾落，將要危及半個部落，並且壓垮部落中的卡里卡里樹。族人聚集想辦法，卻都無解。巨岩若真滾落了，最終要落入迷霧幻想湖，威脅霧人。優瑪有義務去告知神祕、有妖術、極少往來又令人害怕的鄰居，尤其是湖中還有吃人的怪魚。

優瑪如何面對棘手的問題？她穿越文物收藏室，進入父親書房，去閱讀「頭目日記」。透過祖先的書寫，漸漸了解族群的過往，以及自己的任務。在蛇圖騰的護守及檜木精靈的造訪之後，一群孩子走上征途。幫助孩子達成任務的是動物保育專家夏雨，他還提供電腦精密計算的圖表，來說明巨石滾落的路線。而獵人阿通是個貪婪的反派角色，扮演書中的丑角。

災禍接二連三。所有守護祖靈的蛇圖騰消失了，如何追查真相？大黑熊惡靈為什麼要作祟？出讓頭目的職務，就可以平息災禍嗎？在霧湖上，又怎麼會出現一個如假包換的卡嘟里部落，難道是陷阱嗎？優瑪必須找出問題癥結，解開密碼，才能夠帶領族人度過危機。她要如何才能達成任務呢？

充滿東方文化的特質

這個故事，適合小學高年級的孩子閱讀，因為有許多文化層次的想像，必須懂得祖靈、圖騰、巫師，以及真假部落的意涵。如果是中低年級的孩子閱讀也無妨，就讓他們在諸蛇的晚會、許願精靈的捉弄，以及幻想湖的迷霧中，去體驗神祕詭譎的童話氣氛。要是爸爸、媽媽也來閱讀，會發現書中原住民的生活場景，其實充滿了東方文化的特質，敬天、畏祖、仁民、愛物，與自然和諧的精神，絕不是胡鬧喧囂的精靈故事而已。書中暗喻了文字書寫及圖象繪畫是傳承文化與祖先智慧的鎖鑰，同時也告訴我們培養孩子正義與勇敢的氣魄之際，訓練想像力，接受文化符碼，才能夠應付未來更真實的時代任務。

各界好評

他們這樣稱讚【小頭目優瑪五部曲】

中國時報開卷好書獎得獎理由：作者以原住民為靈感來源，創造富有民胞物與精神的卡嘟里部落，成熟的文字功力、緊湊的故事情節，讓人讀來欲罷不能。這是一本成功的中文奇幻小說，喜歡《哈利波特》的讀者可不能錯過！

——黃靜雯（苗栗市僑成國小教師）

好書大家讀入選圖書《小頭目優瑪1：迷霧幻想湖》推薦的話：最特別的是，主人翁是個女孩，展現純真本性，關心家人、朋友、部落以及森林裡的一切。此書不只是動人驚險的故事，更吸引我們的是對於不同文化的理解與感動！

——邢小萍（台北市立新生國小校長）

好書大家讀入選圖書《小頭目優瑪2：小女巫鬧翻天》推薦的話：以原住民為題材的兒童小說不多，難得本書是兒童會喜愛的奇幻小說，有創意和新鮮的題材；優美的文筆，帶領讀者進入無限想像的空間，書中人物的刻畫，栩栩如生。

——王錫璋（前國家圖書館參考組主任）

好書大家讀入選圖書《小頭目優瑪3：那是誰的尾巴？》推薦的話：原住民的文化尊重自然，不貪心，得以保有最純淨的土地及資源；人類的貪婪及私慾往往造成無法彌補的後果。優瑪運用智慧再次化解危機，結合多元文化、環境保護以及人文關懷議題，作者讓文字感動讀者，在抽絲剝繭、問題解決之後留下更深的反思與啟發。

——邢小萍（台北市立新生國小校長）

部落客媽媽口碑推薦

【小頭目優瑪】系列讓我深思許久，故事隱喻責任、愛心、環保，當孩子看完《哈利波特》時，我不確定他們心中留下什麼，看完這系列後，我確實感受到敬虔與責任，推薦給喜歡奇幻冒險故事的大孩子。

——魔女咪咪喵

一直搞不清楚我覺得很有意思的書，為什麼孩子不愛。上週孩子主動說想買《迷霧幻想湖》。拿到書後，迫不及待打開就讀，上床時間到了，三催四請還不肯睡，大概只有打電動才有這樣的魅力吧！到底是什麼故事這麼吸引人，改天我也拿來看一看。

——愛的進行式

讀者迴響

有點奇幻又感到真實，作者製造懸疑感，會讓人不停的讀下去。雖然感覺是給兒童讀的小說，但身為高中生的我仍愛不釋手。

——松山家商・舒惟

一套有趣、生動且融入原住民文化於其中的一部小說。內容具有想像力，許多令人意想不到的劇情。非常精采，值得一讀再讀！

——明道高中・暮翊晴

我們跟著嫣然卓立、美麗又俏皮的小頭目，憂慮父親失蹤、和陶壺、雕刻說話、任命朋友當副頭目、替第一勇士傳情書、放生野生動物、讓出頭目尊位、相信直覺、冒險解決問題……不但看到了優瑪關心家人、朋友、部落生活、以及森林一切的深情與勇氣，同時也真切感受到，有什麼比「貪婪掠奪」更大的罪惡？有什麼比「美麗從前」更好的嚮往？有什麼比「萬物有靈」更深刻的祝福？還有什麼，比人類喪失想像和自由更嚴重的失落？

——竹北高中一年級・葉明隴／中學生跨校網讀第990315梯次得獎作品

張友漁以寫實手法形塑出一群不失複雜又兼具獨特性的人物，並發揮童話的幻想性描繪出奇幻的生物形象，運用虛實相生的技巧，塑造出一個真實與奇幻交融的文學世界，為本土少年小說呈現出另一種面貌與視野；以愛為主軸的主題、趣味豐富的題材，不僅傳授豐富的知識，也傳遞理想人生態度，發揮少年小說寓教於樂的教育功能。

——台中市四育國中好書推薦

《迷霧幻想湖》充滿想像力；《小女巫鬧翻天》是勇氣的故事；《那是誰的尾巴？》精采刺激；《失蹤的檜木精靈》令人悲痛；而《野人傳奇》則讓

人緊張。五本書給人不同感覺，欲罷不能一本接著一本看，讓我也進入故事裡，跟著小頭目優瑪解決問題、進入迷霧城堡、來到惡靈之地、冰凍死城……經歷各種考驗以及重重關卡，也看到「幸福的味道」！

——永清國小五年級．尚〇羽

小頭目很勇敢，處理部落大小事，不畏艱難，也不怕大黑熊惡靈（要是我，早就嚇死了！）「副頭目們」幫優瑪很多忙，他們都很棒！

——小學生．涵涵

人物小傳

優瑪

十一歲，卡嘟里部落頭目沙書優的獨生女。頭髮長而凌亂，常常胡亂綁一束馬尾，幾綹頭髮不安分的拂在臉上。除了雕刻，對待其他的事都很沒勁。母親早逝，和父親以及姨婆一起住。三歲時，優瑪對父親的雕刻刀感興趣，於是開始學習雕刻。四歲的時候，優瑪已經可以在木頭上刻出一隻豬的圖形；五歲的時候，她已經可以模仿父親雕刻的「出獵圖」。六歲的時候，用立體雕刻創造出和她當時一般高的小勇士，取名為「胖酷伊」。

胖酷伊

胖酷伊是優瑪六歲時完成的雕刻作品，長相幼稚卻可愛討喜。但是，胖酷伊並不滿意他的長相，他的嘴太大，四肢手腳粗細不一，讓他覺得很煩惱。平常沒事的時候，就喜歡拿優瑪的雕刻刀，修飾自己過粗的手臂，常常惹得優瑪對他大叫：「請你尊重我的藝術創意。」

胖酷伊勇敢、正直又有正義感，是個神射手，也是全世

界最會抓飛鼠和山豬的小勇士。但是，他除了會抓飛鼠和山豬之外，其他就連一隻蝴蝶也抓不到。因為優瑪許願的時候，只給了他這三樣本事。

以前奶奶

七十歲，優瑪的姨婆，沒有結婚，孤零零的一個人。優瑪還沒出生，優瑪的母親就把以前奶奶接到家裡居住。以前奶奶是一個活在以前的人，她常常說以前以前怎麼了，以前的地瓜比較好吃；以前的山比較漂亮；以前的溪流比較乾淨；甚至以前的冬天都比現在冷。以前奶奶發呆的時候，其實是在想事情，她的腦子裡裝了幾千幾百件關於以前的事，她一件一件的想，一樁一樁的回味，想得出神了，嘴角就會開出一朵香甜的微笑花。

沙書優

三十五歲，優瑪的父親。卡嘟里部落頭目，也是優秀的雕刻家、出色的獵人。堅持帶領族人維持卡嘟里部落的傳統生活。個性沉穩，充滿智慧，妻子病逝後，為了優瑪決定不再娶妻，一心培養優瑪成為一個優秀的頭目。有一次入山打獵，在卡嘟里山區失蹤。

多米

十一歲，優瑪的好友。性格優柔寡斷，拿不定主意，也下不了結論，永遠在下了決定之後立即反悔，覺得剛剛那個想法才是最好的。從小的願望一個換過一個，從來沒有一個重複過。永遠不清楚自己長大後到底要做什麼。

吉奧

十二歲，優瑪的好友。小平頭修剪得乾乾淨淨，有一對圓亮的雙眼，加上簡潔有力的語調，讓他看起來充滿自信。他個性聰明但古板，和優瑪凡事不在乎的個性成反比，要求凡事都得按規定行事，一絲不茍。優瑪是他唯一的偶像，他喜歡優瑪，凡事以優瑪為主。

瓦歷

十一歲，獵人阿通的兒子。和吉奧、多米、優瑪是好朋友。清瘦，臉呈現倒三角形，眼睛細小，說話時，尖尖的下巴老是往上仰。喜歡蒐集種子，衣服褲子上幾乎全都是口袋，用來裝更多的種子。只對和種子有關的事物感興趣。喜歡把種子埋進土裡，看看會長出什麼，因此他蒐集了一千多種稀奇古怪的種子。

帕克里

五十歲，部落長老，藤蔓的父親。沉穩內斂，不多話，但一開口說話，就充滿了權威。堅持按照傳統讓優瑪繼任頭目，幫助優瑪處理部落大小事件。

卡里卡里樹

卡嘟里部落祖先達卡倫四百年前來到卡嘟里山，剛好就是卡里卡里樹開花的季節。達卡倫為了尋找這奇異的香氣，來到部落現在這個位置，這才發現卡嘟里山區是世界上最美麗的地方。部落族人守護卡里卡里樹就像守護祖先的靈魂一樣，因為它引領他們來到這裡安居了四百年。每當秋天的時候，所有的植物都進入枯黃休眠期，卡里卡里樹卻和所有的植物反其道而行，開始冒出粉紅色的花苞，還沒盛開，就已經散發出淡雅清甜的香氣，花苞盛開時節，香氣讓每個人內心充滿了喜悅，感覺到幸福。

檜木精靈、扁柏精靈

樹形小矮人。三千年以上的樹木，才會長成一個樹精靈。森林裡超過三千年的樹木，一共有十一棵，因此有四個檜木精靈、七個扁柏精靈。他們並不住在自己的樹上，而是在森林裡四處遊玩。檜木和扁柏的葉子都屬於鱗片狀，得仔細端詳才能分辨出來。在森林裡遇見檜木精靈，可以向檜木精靈許一個願望，檜木精靈一定會達成你的願望。但是，如果你誤把扁柏精靈當成檜木精靈許願，調皮的扁柏精靈則會讓你所許下的願望以完全相反的方式實現。

夏雨

二十七歲，駐紮在森林裡從事動物研究及保育的年輕研究員。因為經費及人手嚴重不足，研究室只有他一個人。他要做的事真是太多了：必須到山上放置紅外線照相機，以便拍攝記錄動物的活動；還要蒐集各種動物的糞便，研究森林的食物鏈，以及跟蹤動物研究牠們的行為。雖然工作那麼多，但是夏雨從不喊累，因為他喜歡這份工作，喜歡做動物的朋友，願意終身為動物服務。

阿通

三十三歲，是瓦歷的父親，個性率直，有話就說，熟知森林裡所有鳥類的生態以及築巢習性。以捕捉及販賣鳥類為生，是動物保育者夏雨的頭號敵人。

掐拉蘇

六十歲，部落僅存的女巫師。責任心重，每天都在憂心沒有人要學巫術，找不到傳人，讓她無顏面對祖先。

翹尾巴小水怪

迷霧幻想湖又稱迷霧鬼湖，湖深，水草得不到充分的日照所以無法生長，湖裡沒有水草製造氧氣，連魚兒也無法生存，所以湖裡一條魚都沒有，卻住著一群需氧量極少、名叫翹尾巴的小水怪，所有的海洋圖鑑裡都沒有介紹這種怪物，所以當地人都叫牠們「翹尾巴小水怪」。

迷霧城堡堡主

五十六歲模樣，高大、健壯，善良卻易怒，當他生氣的時候，鬍子就會冒煙著火。長年穿著一套綠色的對襟長衫，腰間繫著一條粗麻繩，暗綠色頭髮以及鬍子像刺蝟一般硬邦邦的長著，眼睛又圓又大，眼神裡有幾分屬於孩童的稚氣。

霧兒

二十一歲模樣。迷霧城堡堡主的女兒，因為好奇，悄悄離開迷霧幻想湖，溜到卡嘟里部落遊玩，遇上藤蔓，兩人發展出一段浪漫的愛情。

藤蔓

二十五歲，長老帕克里的兒子，卡嘟里部落的年輕勇士。不僅英挺帥氣、溫柔多情，還是部落裡頂尖的狩獵高手。

楔子

卡嘟里森林是一座美麗又有趣的森林，我誠懇的歡迎你到森林裡來作客。但是，我得慎重的提醒你一件事，千萬要小心樹木精靈。

當你遇見檜木精靈，他會讓你許下的願望美夢成真，如果不幸遇到調皮的扁柏精靈，你許下的願望就會被完全相反的實現。別說我沒提醒你，檜木精靈和扁柏精靈長得幾乎一模一樣，很容易錯認。

那麼遇到樹木精靈時到底該不該許願呢？不要問我，決定權在你。如果你有好眼力和好智慧，就先去練習分辨檜木和扁柏究竟哪裡不同吧！或者，你就不用想太多了，先進入卡嘟里森林一遊，相信卡嘟里部落的小頭目優瑪和她的副頭目們，會跟你分享他們的經驗，當他們遇見樹木精靈的時候，到底許願了沒有？又許了什麼願呢？

至於我，嘿嘿，我才不會在這兒告訴你關於我的祕密呢！

1 檜木精靈

卡里溪蜿蜿蜒蜒的從卡嘟里山延伸下來，溪水晶瑩清澈，一路衝過森林，穿越部落，然後熱鬧歡騰的奔向大海。稀里嘩啦的水聲，夾雜著五色鳥及其他鳥兒的啁啾，讓卡里溪谷的夏季熱鬧一片。

優瑪正從卡里溪中奮力的將一塊比自己身材粗大兩倍的漂流木拖上岸。木頭吸飽了水，增加了重量，讓優瑪倍感吃力。她使盡全力拖著木頭，無論如何都得先拖離溪谷才行，只要離開溪谷就輕鬆了。她彎腰將身體往前傾，將施力點放在兩條腿上，漲紅著臉吃力的跨出左腳。沒想到左腳剛踩穩，右腳的鞋子卻鬆脫了，她整個人往前撲倒，大叫一聲：「哎呀！」

優瑪狼狽的爬起來檢查傷勢。兩隻手擦傷了，膝蓋也輕微破皮，她朝傷口吹了幾口氣，就不把這些小傷當一回事了。平常雕刻的時候，不小心被雕刻刀割傷是常有的事呢！優瑪看看藍天再回頭看看木頭，覺得可以休息一下，於是她挑了塊平整的大石頭躺下，看著天上的雲。今天的雲看起來真特別，好像兩隻小熊在嬉戲玩耍，但是才一下子功夫，兩隻小熊卻哭了起來，眼淚像雨水般滴在優瑪的臉上。她驚訝的坐起身，看看溪水，抹去臉上的水珠。她躺著的大石頭距離溪水有四、五步遠，溪流不可能將水花濺得這麼遠哪！她再看看天空，小熊形狀的雲已經變幻成不規則的形狀。天這麼藍，雲這麼白，怎麼可能下雨呢？真是見鬼了。

優瑪起身跳下石頭，拿出手帕纏在傷口上，重新拉動木頭，她忍著傷口的疼痛，終於將木頭拖離溪谷。接著優瑪解下腰間的繩索，綁在木頭上，然後將繩索的另一端打了一個圓圈套在肩上，身體往前傾，用整個身體的力量拖動木頭。她低著頭拖著木頭走了一百公尺，忽然拖不動了。她在原地踏了幾個步伐，木頭重得讓她無法前進，她很生氣的轉過身去，看見吉奧、瓦歷和多米站在木頭上衝著她笑。

「你們搞什麼呀！」優瑪累得直喘氣。

「我們去你家找不到你，就猜你一定又在溪邊找木頭了。」吉奧笑咪咪的跳下木頭，走向優瑪，伸手拉住繩索說：「給我，我幫你拉。」

瓦歷也走過去，和吉奧一人一邊準備拉木頭。優瑪退到一旁喘口氣。

「胖酷伊去哪裡了？怎麼沒來幫你的忙？」多米問。

「他去山上抓山豬。」優瑪說。

「我爸爸昨天從卡嘟里山上回來，他說岩石山出現了一道大裂縫，如果有一百隻大黑熊從附近經過，那塊裂掉的岩石受到震動就會崩塌，然後滾下來，一路滾過森林，壓扁卡嘟里部落，最後掉進迷霧幻想湖。」瓦歷認真的說。

「不會剛好有一百隻大黑熊從附近經過吧？」多米說。

「怎麼不可能？如果牠們剛好要去參加什麼祭典或宴會，不小心就會走在一起了。」吉奧開玩笑的說。

「我們去找大黑熊商量，請牠們不要集體經過岩石山。」多米說。

「整個卡嘟里山區熊的數量加起來也不到一百隻，」優瑪說：「別太擔心啦！」

「你阻止了大黑熊，但是還有五百隻蹦蹦跳跳的猴子、兩百隻山羌、水鹿，難道你要一個個跟牠們打商量啊！」吉奧說。

「我爸說，優瑪現在是頭目，要想辦法阻止岩石崩裂後可能造成的傷害。」瓦歷說。

「唉喲，那怎麼辦嘛！煩死人了。」優瑪開始煩躁的抓起頭髮：「為什麼我不能專心的雕刻，還要管那顆石頭到底什麼時候會掉下來？」

「不要煩，優瑪。問題發生了，解決它就是了。」吉奧不疾不徐的說。吉奧頂著修剪得乾乾淨淨的小平頭，睜著一對圓亮的雙眼，加上簡潔有力的語調，讓他看起來充滿了自信。

相較於吉奧的強壯，瓦歷看起來就清瘦多了，他的臉呈現倒三角形，眼睛細小，說話的時候，尖尖的下巴老是往上仰。他的衣服和褲子側邊幾乎都是口袋，用來裝沿路撿拾的種子。

吉奧和瓦歷開始合力拉著木頭。

瓦歷彎著腰奮力的拖著木頭，一顆種子從他的褲子口袋裡滾出來。

優瑪撿起那顆大拇指般瘦長、長著小尖刺的種子瞧了半天：「這是什麼種子啊？」

瓦歷聽到「種子」兩個字，馬上放下木頭，摸摸自己的口袋，再看看優瑪手上的種子，緊張得立刻伸手拿回來：「沒有人知道這是什麼種子，我從松鼠住的樹洞裡挖出來的。它們真的很特別。」

「天哪！你偷了松鼠的東西！」多米大驚小怪的叫了起來。

瓦歷將下巴仰得高高的說：「我沒有偷，我拿了三顆核桃跟牠們換的。」

「松鼠跟你說：『好，我同意這交易。』嗎？」多米咄咄逼人：「不然，你怎麼知道松鼠喜歡核桃勝過那顆怪種子？」

「總之牠們沒有吃虧也沒有損失。」瓦歷堅持這是一樁公平的交易。

「也許松鼠現在非常生氣呢！牠的傳家寶怪種子被人莫名其妙的換成了三顆普通的核桃。」多米繼續挑戰瓦歷。

「我下次經過那個樹洞，再多放幾顆核桃進去，這樣可以吧！」瓦歷說。

「你下次回到那個樹洞時，只會看見松鼠的屍體，因為牠們遺失了傳家寶，無顏面對祖先，羞憤而死了。」多米用誇張的表情說著。

瓦歷忿忿的瞪了多米一眼，不再爭辯，他太明白這樣的爭辯將沒完沒了。

他們終於把木頭拖進優瑪家庭院，吉奧和瓦歷累得頭對頭的躺在木頭上喘氣。吉奧突然想起什麼，起身從口袋裡拿出折疊小刀，刮掉一些樹皮後低下頭用力的聞著：「嘿，這是檜木！」

「是嗎？」優瑪跪在地上將鼻子貼著木頭聞了聞，整個人興奮起來：「是啊！這真的是檜木！」

瓦歷也將鼻子貼近木頭：「真的是檜木。檜木精靈會不會躲在這塊木頭裡？」

「傻瓜！森林裡有這麼多好玩的事，檜木精靈才不會乖乖的躲在木頭裡。」吉奧說。

突然，兩聲響亮的槍聲在卡嘟里山間迴蕩著。

優瑪、吉奧、瓦歷和多米聽到槍響，立刻彈跳起來，跑出庭院，往森林的方向跑去。槍聲是搜救隊回來的訊號，是從藤蔓的獵槍裡發射出來的。這是藤蔓的習慣，不管是去打獵還是搜救，藤蔓總是習慣用槍聲通知部落裡的族人，他回來了。

四個人跑了一段路，跑到部落後方的小山坡上，眺望正朝著部落方向移動的搜救隊伍。遠遠的，優瑪彷彿看見大樹的背上背著一個人，她的心跳瞬間加快，興奮、緊張又懷疑的情緒，讓她全身顫抖起來。

「優瑪，可能是大樹背著老頭目回來了！」吉奧激動的說著。

終於找到父親沙書優了嗎？大樹背上的人是父親嗎？他受傷了嗎？他還活著嗎？優瑪等不及，拔腿衝下山坡，其他三人也跟在後頭跑了起來。

藤蔓走在搜救隊伍的最前頭，他看見優瑪，臉上嚴肅的表情立刻變得更嚴肅了。優瑪看看藤蔓，再看看大樹背上的傷者垂下的手，她失望極了，那不是父親，父親的手蒼勁有力，還有歲月的刻痕。那隻受傷的手是年輕人的，不是父親的。

「瓦拉受傷了，他掉下山谷，我們費了很大的力氣才把他弄上來。」藤蔓說：「我們這幾天已經把整座卡嘟里山給翻過來找了，一點蛛絲馬跡都沒有，看來沙書優並不在這座山裡。」

優瑪的心沉到了谷底！一個人在山林裡出沒，怎麼可能連個腳印都沒有留下呢？

「瓦拉要不要緊？」優瑪關心的問。

「不要緊，右腳扭傷了。」大樹說。

搜救隊伍經過優瑪一行人，往山下走去。藤蔓忽然想到什麼，折返到優瑪面前。

「優瑪，岩石山出現了三個手臂長的裂縫，」藤蔓伸出手比畫著：「看起來非常危險，如果有什麼大一點的震動，岩石就會完全崩裂。如果滾下來就糟了，它會順著山坡滾過部落，最後掉進迷霧幻想湖。」

「我知道了。」優瑪沉著臉說。

搜救隊伍離開後，吉奧試著要安慰優瑪：「沒有找到也算是一件好事啊！這表示老頭目可能去了另一座山。」

「他去另一座山做什麼呢？」瓦歷問。

吉奧瞪了一眼瓦歷：「去探險哪！」

「老頭目怎麼可能丟下優瑪和卡嘟里部落，說都不說一聲就去探險呢？」瓦歷不甘示弱的說。

優瑪悶不吭聲的轉身往山下走去。是啊！沒有任何理由可以讓父親丟下家和部落一去不回。想到沙書優有可能跌進某個沒有人找得到的凹洞山溝，求救無門，優瑪就心痛到幾乎無法呼吸。沙書優到底去了哪裡呢？他是否在險峻高山的某一處遭遇了什麼危險？他是否曾經嘗試用各種方法將訊息送回卡嘟里部落，讓大家放心？優瑪每天都寫一封信，要胖酷伊用長矛射到卡嘟里山的山頂，也許沙書優路過山頂時會看到信，那麼他就會知道，卡嘟里部落的每一個人都等著他回來。

沙書優九個月前隻身到卡嘟里山打獵，從此失去了蹤影。讓優瑪從一個每天都可以玩雕刻的快樂小孩，變成卡嘟里部落的小頭目，從早忙到晚，總有解決不完的事。

一顆金黃色的圓球突然從矮樹叢裡竄出來，和正巧經過的優瑪撞了個正著。優瑪嚇一大跳，左腳絆到地上的石頭，身體失去平衡而撲倒在地，將圓球重重的壓在肚子底下，圓球痛得發出唧唧吱吱的叫聲，並且用力掙扎，搔得優瑪的肚子發癢，忍不住呵呵哈哈的笑了出來。多米上前拉起優瑪，圓球趁機滾了出來，瞬間幻化成樹形小矮人，頭頂還長著一叢樹葉，在原地蹦蹦跳跳的看著眼前這幾個小孩。

金黃色的樹形小矮人！

這……這、這不是傳說中的檜木精靈嗎？瓦歷緊張兮兮又結結巴巴的用顫抖的音調問：「你是……你是……你是檜、檜木精靈嗎？」

吉奧和優瑪一樣嚇呆了！瞪大眼睛看著樹形小矮人，有人一輩子都沒見過一次呢，今天真是走運了。

樹形小矮人圓大的眼珠子在四個人的臉上轉來轉去，幾秒鐘後，臉上閃過一絲嘲笑，接著將手腳及頭頂的樹叢縮進圓球裡，蹦跳著竄進小徑旁的矮樹叢裡，消失了。

瓦歷不確定的說：「那……那、那真是檜木精靈嗎？」

「我們竟然忘了許願！」優瑪懊惱極了。如果剛剛不是嚇呆了，就可以許願讓父親回家。

「你們看仔細了嗎？他頭頂上的樹葉和毬果是扁柏還是紅檜？」多米問。

「精靈跳來跳去的，根本看不清楚，而且扁柏和紅檜的葉子長得太像了，沒有仔細看根本分辨不出來。」瓦歷說。

「那可能是扁柏精靈，扁柏精靈會給你相反的願望。為了保險起見，我寧願放棄許願，免得得到相反的願望，得不償失。」吉奧說。

「是啊！聽說以前有一個人，對著扁柏精靈許願，希望變成部落裡最有力氣的勇士，沒想到第二天醒來，卻連開山刀都拿不起來。哈哈哈，他沒看清楚那個樹精靈其實是專門給人相反願望的扁柏精靈。」瓦歷說。

多米則一臉懊惱的說：「我剛剛應該許願讓我遇見真的檜木精靈。」

優瑪拍著身上的泥土時，發現衣服的口袋裡有一枝小樹枝，上頭掛著一個橢圓形的毬果。優瑪拿到眼前細看了幾秒鐘，檜木和扁柏的葉子都屬於鱗片狀，但是還是很好分辨：檜木的葉子葉尖尖銳，逆向撫摸有刺痛感；扁柏的葉子在枝上交錯生長，可以看見白色的氣孔帶，葉尖比較鈍，逆向撫摸沒有刺痛感。扁柏的毬果是圓的，手上這根枝葉上的毬果卻是橢圓形的。優瑪激動得大叫，嚇得吉奧和瓦歷跳了起來。

「他真的是檜木精靈！你看，這是檜木！我們真是大笨蛋。」優瑪氣得把小枝葉丟在地上，接著又胡亂抓著自己的頭髮。

瓦歷撿起小枝葉，摘下毬果塞進已經快被撐破的褲子口袋裡。

「難怪剛剛檜木精靈瞪著我看了好一會兒，他心裡一定在笑我們這四個白癡，怎麼還不許願！」瓦歷也一臉沮喪。「我差點就擁有全世界最新奇的種子了。」

「你可不可以不要滿腦子種子種子的？這種時候，你應該要許願讓老頭目沙書優平安返回部落才對。」吉奧說。

「瓦歷，即使把你變成一顆種子，我想你都會願意。」多米說。

瓦歷認真的托著下巴思考著：「是啊！我怎麼沒想過要變成一顆種子？要變成什麼種子才好呢？」

「我建議你變成卡嘟里山的第三棵卡里卡里樹，那樣你就會成為大家的寶貝。」多米說。

這時，胖酷伊騎著一頭黑山豬從樹叢裡竄了出來，他看著優瑪高興的說：「優瑪，這頭山豬是卡嘟里山最肥壯的，就算牠會飛，我也抓得到牠，沒有我胖酷伊抓不到的山豬。」

優瑪看看山豬，山豬用哀傷的眼神望著優瑪。優瑪的思緒突然飛馳到去年，她和沙書優走在山徑上，看見一隻飛鼠將頭埋進山壁上的一個凹洞裡，長長的尾巴垂在洞外，害怕得全身顫抖。

「這隻飛鼠是怎麼啦？牠是怎麼鑽進這個洞裡的呀？」優瑪看著飛鼠笨拙的樣子，笑了起來。「我們把牠帶回家送給以前奶奶做菜。」

沙書優伸手把小飛鼠給抓出來，檢查了一下：「嘿，是個飛鼠媽媽呢！」沙書優輕輕的順了順飛鼠的毛後，將牠放回樹叢裡，飛鼠迅速的逃離現場。

優瑪不解：「為什麼要放牠走？你打獵的時候不是也會獵飛鼠嗎？」

「沒錯，我打獵的時候會獵飛鼠，那是因為需要。但是，如果我們現在不缺，又何必抓牠呢？何況牠是雌的，放牠回家，牠會生下很多的飛鼠寶寶，讓森林變得更熱鬧。」沙書優微笑著說。

優瑪看著山豬，對胖酷伊說：「放了牠吧！胖酷伊。如果我們不缺，又何必抓牠呢？上個星期以前奶奶才做了很多的醃肉不是嗎？放了牠吧！」

優瑪說完便往部落的方向走去，瓦歷、吉奧、多米和胖酷伊面面相覷，表情十分錯愕。

「優瑪，你變了！以前胖酷伊只要抓到山豬你就會大大讚美他一番，現在卻叫他放了？」多米不解的問。

優瑪沒有答話，心事重重的走著。

山徑上只留下胖酷伊和他的山豬，山豬回頭看看胖酷伊，那表情彷彿在說：「怎麼還不放了我？」

胖酷伊從山豬背上跳下來，踹了山豬的屁股一腳，說：「去吧，回去生一窩小豬仔，否則不饒你。」

山豬一溜煙的鑽進叢林裡。

2 崩裂的岩石山

優瑪坐在雕刻室裡，面前擺著一塊和胖酷伊一般高的木頭，她盯著木頭看了兩個小時，卻一點想法也沒有。她知道為什麼會這樣，因為她的心裡有別的事，那些事像遍布荊棘的雜亂林子，橫阻在她面前，讓她哪兒也去不了。

「走吧！胖酷伊，我們去看看岩石山的裂縫。」優瑪站起來走出雕刻室。

「你終於要去看岩石山啦！」胖酷伊跟著走出去。

優瑪牽出腳踏車，後座載著胖酷伊，騎在部落唯一的一條山徑上，老舊的車子一路上嘎啦嘎啦的響著。這輛腳踏車是三年前的夏天，沙書優用一頭山豬和山腳下的人換來的玩具，這也是部落裡唯一的交通工具。

一群人在山徑旁的田裡不知為了什麼事爭吵起來，優瑪見狀，立刻別過臉去，快速的蹬著腳踏車離開。胖酷伊跳下腳踏車後座，企圖拉住優瑪。優瑪的腳踏車一陣搖晃，卻仍然賣力的往前跑。胖酷伊在後面追跑著。

「快走啦！我們不要多管閒事。」

「什麼多管閒事？你可是頭目！你的族人發生了糾紛，你居然說是閒事？你真是個差勁的頭目。」

「是我自己搶著要當頭目的嗎？莫名其妙。」

優瑪蹬著腳踏車迅速離去。胖酷伊在後頭拚命追著。

「你既然是沙書優的女兒，理所當然要繼承頭目。喂，優瑪，等我一下啦！」

胖酷伊追跑了一會兒，發現自己追不上。他可以很輕易的逮到森林裡跑得最快的山豬，但是，他就是追不上優瑪和任何人，因為優瑪對檜木精靈許願的時候，只許給了他三個本事：神射手、抓山豬和抓飛鼠高手。想到這裡，胖酷伊就有點生氣，但是，他也明白，一個六歲的小孩能想到的願望就這些了。

胖酷伊看著優瑪的背影，要讓她停下來只有一個方法。於是胖酷伊將手中的長矛射向山徑，長矛剛剛好就落在優瑪的單車輪胎前。優瑪迎頭撞上，被仍在晃動的長矛敲了一記腦袋，她氣得大叫：「胖酷伊，你做了什麼呀！」

「你必須去處理糾紛。」胖酷伊收起長矛，把優瑪一路推著回到族人爭吵的地點。「你得去處理，你已經是頭目了，不能像以前那麼任性。」

小米田裡吵架的聲音愈來愈大。

優瑪抱怨著：「大人很愛吵架耶！」

優瑪走進人群，吵架的人是雅格和阿克斯。優瑪放大音量說：「發生什麼事了？」

看見優瑪，族人們七嘴八舌的說著事件的經過。

阿克斯憤怒的說：「雅格放他的大黃牛踩壞了我的小米田，我的小米今年沒有收成了，我要用什麼來釀酒？」

雅格委屈的解釋：「我不知道綁牛的繩子會斷掉，我又不是故意的，不能因為這樣，就要我賠他一頭牛哇！」

「你讓我今年白白工作沒有收成，怎麼不應該賠我一頭牛？優瑪頭目，你評評理呀！」阿克斯說。

「你應該賠他一頭牛的。你看喔，他的田被牛踩壞了，長出來的小米幼苗和芋頭也被牛踩壞掉了，他要重新種小米，所以要有一頭牛去耕地才行。」優瑪說。

雅格氣急敗壞的說：「你在說什麼呀，毫無公平性可言，我可以用我的牛去幫他耕田，為什麼要賠他一頭牛？他田裡所有的收成都換不到牛的一條腿呢！」

優瑪指著田裡被踩扁的幼苗說：「可是他剛剛長出來的小米幼苗呢？」

「我用我的小米賠他嘛！頂多多賠一點，我絕對不給他一頭牛。什麼跟什麼！一點點小米要換我一頭牛，哼，根本就是小朋友的算術。」雅格暴跳如雷。

優瑪轉身對阿克斯說：「好啦，這件事就這樣啦！他用他的牛幫你耕地，然後賠你一點小米，這樣你就沒有損失了。小米這麼小，要換一頭牛，是不可以的。」

阿克斯、雅格以及所有圍觀的族人似乎還滿意這樣的結果。雅格餘怒未消的牽著牛離開，阿克斯也氣沖沖的跟著離開。人群逐漸散去。

解決了一件麻煩的事，優瑪才剛剛鬆了一口氣，就見吉奧一路急吼吼的衝過來：「優瑪、優瑪！」

「什麼事？岩石掉下來了嗎？」優瑪的臉色瞬間變得慘白。

「不是。是大家等你去開會。」吉奧說：「全部的人都到了。」

「嚇我一大跳。」優瑪鬆了一口氣，又隨即皺起眉頭：「那塊岩石像腳底的一根刺，刺得我不知道該怎麼走路了。」優瑪跨上單車往部落的方向騎去，胖酷伊追跑了幾步之後，俐落的跳上單車後座。

優瑪家屋裡屋外擠滿了關心岩石裂縫的族人，多米和瓦歷也來了，沒多久吉奧也滿頭大汗的現身。

多米來到優瑪面前：「大家都在等你。」

「關於岩石山的裂縫嗎？」優瑪問。

「是啊！大家都擔心死了。」多米說。「好像又裂得更大了。」

會議室中央擺著一張長長的墨綠色頁岩石板，她的父親、祖父、曾祖父、曾曾祖父以及歷代的祖先們，都在這張石桌前決定部落裡大大小小的事。

優瑪環視屋內，看見好多人都來了，部落所有長老、大部分的族人，還有從事森林動物研究的夏雨、獵鳥人阿通和女巫師掐拉蘇。

「優瑪頭目，這件事迫在眉睫，下一個雷擊有可能就會讓岩石山完全崩裂，那麼迷霧幻想湖就會非常的危險。」藤蔓的口吻緊張又焦慮，話剛剛說完，他意識到自己好像說錯了什麼，又補了一句：「我的意思是說我們部落將首當其衝被岩石碾過。」

夏雨好不容易從人群中鑽了出來，站在優瑪可以看見的地方說話：「應該要立刻遷村到安全的地方，因為我們不知道岩石山什麼時候會崩塌，當它崩塌時，我們想逃都逃不了。」

「遷村？這怎麼可以！我們世世代代都住在這裡，怎麼可以拋棄祖先留下的地方呢？」族人們不喜歡這個建議。

「那迷霧幻想湖怎麼辦？」藤蔓焦急的說。

所有的人都望著藤蔓，心裡冒出相同的問號：「藤蔓怎麼這麼關心迷霧幻想湖？我們跟湖裡的那些『人』根本就沒有交集嘛！」

「卡里卡里樹是卡嘟里部落最珍貴的資產，全世界只有兩棵，這兩棵都生長在卡嘟里山區。我已經算過距離了，岩石如果崩裂，會壓扁其中一棵。」夏雨憂心的說。

是啊！其中一棵卡里卡里樹就長在部落的山徑上，部落族人都相信這是一種能帶來幸福的樹。每當秋天來的時候，所有的植物都進入休眠期，葉子漸漸枯黃然後掉落，卡里卡里樹卻和所有的植物相反，夏末秋初的時候，卡里卡里樹開始冒出粉紅色的花苞，還沒盛開，就已經散發出淡雅清甜的香氣；花苞盛開時節，香氣讓每個人內心充滿了喜悅，感覺到幸福。整個花期可以延續到隔年的春天。這段期間，是頭目放假的日子，因為部落裡幾乎連一件小小的爭吵事件都不會發生。沙書優就是在去年的花期期間上山打獵而失蹤的。

想起父親沙書優，優瑪又感到一陣揪心的痛！

優瑪記得她很小很小的時候，曾經和沙書優以及胖酷伊坐在卡里卡里樹下，滿足的聞著清甜的香氣，享受優閒的下午。

優瑪永遠記得那天沙書優告訴她關於卡里卡里樹如何和祖先達卡倫結緣的故事：

「卡里卡里樹是天神送給卡嘟里部落最棒的禮物。我們的祖先達卡倫在四百年前來到卡嘟里山，剛好就是卡里卡里樹開花的季節，達卡倫為了尋找這奇異的香氣，來到部落現在這個位置，這才發現卡嘟里山區是世界上最美麗的地方。所以，我們守護卡里卡里樹就像守護祖先的靈魂一樣，是它們引領我們來到這裡安居了四百年。」

守護卡里卡里樹就像守護我們祖先的靈魂一樣！這句話讓優瑪整個人緊繃起來，她完全不知道自己應該怎麼做才能保護卡里卡里樹。

以前部落發生重大事件的時候，父親在這個會議室主持會議，她只需要坐在旁邊看著，不需要發言。沙書優說這是必要的學習，因為將來她必須繼承頭目的職位。但是就算會議室裡爭論的聲音吵吵嚷嚷的，卻絲毫不影響她腦子裡沸沸揚揚的思考活動。她有時候想著該為正在雕刻的作品取個名字；有時候想著該換另一種雕刻技巧來表現不同的作品。後來沙書優終於發現優瑪心不在焉，於是丟給她一本筆記本，要她記錄會議室裡的每一句發言。

「會議是一種運用大家的智慧共同解決問題的好方法。以後你當了頭目，會有很多的會議要開，所以你現在先學著記錄會議的過程和結論。」沙書優說。

大人們你一句我一句的發表意見，將優瑪拉回現實。優瑪的大眼睛迅速的轉動，她覺得自己身為頭目，一定得提出一些辦法才行。她努力的想啊想的，終於想出一個辦法來。

「有沒有辦法不讓岩石山裂掉崩塌呢？」優瑪說。「如果我們蒐集森林裡的藤蔓，做成一個網子把岩石山網住，這樣岩石山就不會崩塌了。」

這句話剛剛落地，會議室裡一陣靜默，每個人腦子裡都浮現藤蔓編織的網子如何網住那麼大的岩石，那需要多少的藤蔓哪！這可是岩石山哪！就算把卡嘟里山所有的藤蔓都蒐集起來，也網不住岩石山！小孩子的意見真是太單純了。

優瑪見大家用驚訝的表情望著自己，意識到這個辦法不好，於是又提出另一個意見：「我們把岩石底部磨尖，當它崩塌下來的時候，就會直直的插入地裡，只要它不滾，部落和幻想湖就沒有危險。」

現場又是一片靜默，族人們面面相覷，小聲交談：「這又不是磨獸骨，只要三天兩天的時間，而且現在根本不能動它，它只要再受到一點點外力就會塌下來。」

「小孩子就是小孩子。」族人們又議論起來。

始終站在優瑪身邊的長老帕克里輕輕的咳了兩聲後說：「不能讓岩石影響我們的生活，岩石滾落路線上的住家，這陣子先搬到親戚家住著。從明天開始，每戶人家都必須派出代表輪流看守岩石山，一旦岩石山發生狀況，就算是輕微的震動，都必須立刻敲鑼通知大家。岩石從山上滾到部落需要一些時間，足夠讓在下方活動的人即時疏散到安全的地方。還有，為了敦親睦鄰，我們的優瑪頭目得去拜訪迷霧幻想湖，告訴他們這件事，因為岩石最後會滾進他們的湖裡。」

「什麼？我？去迷霧幻想湖？」優瑪叫了出來。吉奧、瓦歷、多米和胖酷伊也露出驚訝的表情。

「不會吧！去那個鬼地方？」瓦歷脫口而出。

聽到要去迷霧幻想湖，會議室裡的人又喧譁了起來。

「我們和幻想湖的居民雖然四百多年來少有往來，但是大家都是森林的一分子，有責任和義務一起解決以及面對森林的危難。」帕克里說。

「我可以代替優瑪去。」藤蔓挺起胸膛堅定的說。

「亂來！這件事是你能做的嗎？他們向來只和頭目商量森林裡的大事。」帕克里惱怒的喝斥。

藤蔓往後退了一步，皺起眉頭，難掩他的焦慮與落寞。

「請優瑪頭目盡快去拜訪迷霧幻想湖，我會幫著疏散岩石滾落路徑上的住家。」帕克里說。

「卡里卡里樹怎麼辦？那是地球的資產……」夏雨焦急的追問著：「卡里卡里樹的幼苗存活率相當低……」

優瑪看著夏雨，想不到這個大男人居然會為了一棵樹而傷心。

夏雨是外族人，從卡嘟里山的另一頭翻山越嶺走了半個月，才來到卡嘟里部落山區。族人們在三個月後才發現這個人住在自己搭建的簡陋木屋裡。當時他正在照顧一隻受傷的山羌。他說他被卡嘟里森林豐富的林相和野生動物吸引，決定留下來採集一些植物標本。

「動物的朋友，也是我們的朋友。」族人們覺得讓這樣一個友善動物的人住在卡嘟里部落是無害的，於是同意他繼續住在木屋裡，族人們還花了一些時間幫他整修木屋，讓他可以住得舒適一些。時間一久，大家幾乎忘記夏雨是個外族人。

「我們會想辦法的，夏先生。」優瑪說。「卡里卡里樹也是卡嘟里部落這個大家族的一分子，我們一定不會讓它受到傷害的。」優瑪嘴裡這麼說，心裡卻很空虛，因為她一點辦法也沒有。

會議結束了，人潮漸漸散去。

以前奶奶在庭院裡曬芋頭。她一邊翻動芋頭一邊喃喃自語：「以前的岩石山非常穩固，以前的閃電也不會讓岩石山裂出一條小縫。以前的山哪，好漂亮！整個卡嘟里山放眼望去都是巨木。以前的頭目去過迷霧幻想湖。」

優瑪一聽眼睛發亮，連忙追問：「姨婆，是哪個頭目曾經去過呀？」

「以前的頭目，以前以前的頭目。」以前奶奶說：「聽說以前的迷霧幻想湖中的閣樓非常漂亮，現在就不曉得了。以前的地瓜比現在大也比現在甜，那是因為以前的雨水比現在乾淨，以前從山上流下來的卡里溪呀，好清澈！可以看見好多魚在溪水裡游來游去呢！」

多米、吉奧和瓦歷圍繞在優瑪身旁，無奈的看著以前奶奶。

「現在的卡里溪也一樣清澈，也可以看見很多魚游來游去呀，真不知道以前奶奶怎麼了？」吉奧說。

「如果可以進入以前奶奶說的以前比較一下，就會明白了。也許以前真的很棒。」多米說。

「優瑪，以前奶奶從什麼時候開始停止現在所有的活動而活在以前的？」瓦歷問。

「我怎麼知道。」

「你怎麼會不知道呢？以前奶奶是你外婆的姊妹，也就是你的姨婆，你還沒出生她就住在你家了。你應該很清楚。」多米說。

「我有記憶以來，姨婆就是這樣了。」

以前奶奶很老很老了，她的臉上滿是皺紋，頭髮一片銀白。以前奶奶是優瑪外婆的姊妹，她沒有其他的親人，也沒有孩子，從很年輕的時候就住在優瑪家，受到沙書優一家人的照顧。以前奶奶是一個活在以前的人，她常常說以前的村子很活潑；以前的山比較漂亮；以前的溪流比較乾淨；甚至以前的冬天都比現在冷。以前好像是一個桃花源，人間仙境似的。以前奶奶發呆的時候，其實是在想事情，她的腦子裡裝了幾千幾百件關於以前的事，她一件一件的想，一樁一樁的回味，想得入神了，她的嘴角就會開出一朵香甜的微笑花。

以前奶奶的眼睛也怪怪的，她的眼睛常常凝望很遠的地方，你站在她眼前或從她面前走過，她都彷彿看不見你似的，眼睛眨也不眨一下，好像你是個透明人，你得叫她一聲「以前奶奶」，她才會清醒過來。如果跟她談起以前的事，她就立刻精神百倍得彷彿可以立即上山獵一頭大山豬回家。

「以前的岩石山非常穩固，」以前奶奶繼續喃喃自語著，只有站在她身邊的人才聽得到。「以前的閃電也不會讓岩石山裂出一條小縫。」

「優瑪，總算有點線索了，以前有個頭目去過迷霧幻想湖。」吉奧說。

「嗯，我會去頭目書房看看頭目日記有沒有記載。」優瑪說。

「優瑪，部落好像有大麻煩要發生了。」多米說。

優瑪舉起雙手把頭髮亂抓一通。

「優瑪，你別煩嘛！我們會站在你身邊幫你的。」吉奧說。

「迷霧幻想湖？哼，你們再也別想見到我了，我一定會被湖裡的怪魚咬死。」優瑪說。

「聽說迷霧幻想湖是個危險的地方，沒有被邀請而擅自闖入的人，從此沒有再回來過。」多米說。

「老頭目會不會闖入幻想湖，結果被囚禁在湖中的迷霧城堡？」瓦歷說。

「怎麼可能？他可是頭目！他比任何人都清楚整個森林裡的秩序。」吉奧說。

「那為什麼搜救隊已經將整個卡嘟里山翻過來了還找不到老頭目？搜救隊找過迷霧幻想湖了嗎？」瓦歷說。

「是啊！搜救隊唯一沒去找的地方就是迷霧幻想湖！」優瑪眼神裡閃過希望。「我也許可以趁這個機會進入幻想湖探查一下。」

「優瑪，你可不可以帶我們一起進去？」吉奧請求著。

「帕克里說，頭目之外的人不可以去，藤蔓想去都不行了。」瓦歷說。

「藤蔓好像特別關心迷霧幻想湖喔！」多米說。

「是啊！他緊張幻想湖勝過部落的安危。」瓦歷說。

「那有什麼稀奇的？大家對幻想湖都有好奇心嘛！我也希望在揭開幻想湖的神祕面紗之前，幻想湖能夠平安無事。」優瑪說。

一群麻雀在庭院旁的木頭堆上不知為了什麼事吱吱喳喳的打起群架，優瑪走出庭院，麻雀轟然飛起，她跳上石頭堆砌而成的矮牆，眺望著卡嘟里部落以及遠山，心裡想著：「在卡嘟里部落，任何事都可能發生，熟悉森林的頭目會在森林裡失蹤，連巨大的岩石山都會崩裂……」

3

深夜的舞會

夜，很深很深了。

在月光的照耀下，卡嘟里部落由灰黑色頁岩搭蓋而成的石板屋反射出淡淡的灰色光芒，讓石板屋看似罩著一層灰白色的薄紗。沒多久，一大片烏雲遮去了月光，山裡的霧氣逐漸漫向部落，只是煮開一壺水的時間，卡嘟里部落已經被濃霧給吞噬了。山羌的嚎叫和蛙鳴在什麼也看不見的濃霧中顯得有點詭異，彷彿正在向山林裡的其他生物傳達某種驚聳的訊息。

卡嘟里部落最後一盞燈光熄滅之後，沙書優家的文物收藏室開始熱鬧起來。收藏室裡擺著大大小小的木雕、石雕及傳統衣飾，還有一些古老的大陶壺、小陶壺、竹席、草席、籮筐、木桶、木臼等古物，室內瀰漫著一股古老的氣味。

一個木雕上的胖胖蛇率先爬下來，將身體捲成圓形，在地上來回滾了兩圈。

「來吧！夥伴們，狂歡的時間到囉！」胖胖蛇興奮的吼著。

所有木雕、石雕、陶壺上黑色、紅色、金黃色的百步蛇，全都離開了原來的位置，在地板上跳起舞來。這些胖的、瘦的、長的、短的、很像蛇的、一點也不像蛇的、人頭蛇身、兩頭蛇、歪七扭八蛇……全都瘋狂的舞動著。

群蛇快樂的跳起舞來，牠們一會兒直立、一會兒捲成漩渦狀，或者這隻咬住那隻的尾巴，變成一個大圈圈，在屋子裡滾來滾去。一會兒又變成跳繩，瘋狂又放縱的跳著。牠們用尾巴打著節拍，每一條蛇的嘴巴都咧得好大，唱著牠們的歌：

我在水塘上面採蜜拉。
你採蜜拉做什麼用？

用來黏箭尾的羽毛。
箭尾的羽毛做什麼用？
黏上羽毛的箭才射得準。
箭做什麼用？
用來射山豬。
山豬做什麼用？
等小米收穫時宰殺，
配著小米飯一起吃。
尾巴做什麼用？
尾巴用來打拍子。
身體捲成圓形做什麼用？
從這座山滾到那座山。
夜晚做什麼用？
夜晚是用來狂歡作樂。

群蛇繼續歡唱跳舞。古陶壺上的兩條百步蛇又吵起架來。

「你不要老對著我的臉呼氣，你有口臭你知不知道？」右彎彎破口大罵。

「你以為你的嘴巴就不臭嗎？和你對看幾百年了，從來沒有一天覺得你好看過。」左曲曲也不甘示弱的頂回去。

「嚇！我醜？你也不去照照鏡子，看看自己什麼德行！我真恨不得這個陶壺馬上裂成兩半，這樣一來，我就可以永遠擺脫你這個大臭蟲了。」右彎彎罵著。

「和你這個醜陋的大怪物住在同一個陶壺上，是我這輩子最大的不幸！」左曲曲張口大罵，噴了右彎彎一臉的口水。

吵架是這兩條百步蛇的家常便飯，牠們從白天吵到黑夜，從醒著吵到睡著。幾百年來，右彎彎和左曲曲，張口沒說過好話。

門外傳來「砰」的一聲巨響，中斷了左曲曲和右彎彎的鬥嘴以及舞會的進行。

所有的蛇訓練有素的在十秒鐘之內全部歸位。個個在自己的位置上，轉動著害怕又好奇的眼珠子。

「怎麼回事?那是什麼聲音?」群蛇議論紛紛。

門外靜悄悄。

「可能是樓下的門被風吹動,關起來的聲音。」帥帥蛇猜測道,並且再度滑下木雕,鑽出門縫查看。「什麼也沒有。」

群蛇再度回到地板,繼續跳舞歡唱。

「我們剛剛吵到哪裡啦?」右彎彎問左曲曲。

「反正,我受不了你了,我今天就要離開陶壺,你繼續待在這裡,再孤單一千年吧。」左曲曲用力的轉身,尾巴掃過右彎彎的臉。

右彎彎轉身,對著左曲曲噴著口水說:「你以為只有你有這種想法嗎?我一萬年前就想離開你這條大臭蟲了。」

「要離開就快離開呀!都吵了幾百年了,沒有一次離開,真是一點也不好笑。」胖胖蛇捲成一個圓形剛好滾過牠們身旁,聽見牠們吵架,不耐煩的插嘴。

「是啊!吵了幾百年了,可以休兵了。」帥帥蛇接口說。

「你們其實深愛著對方,才會吵了幾百年還走不成。」胖胖蛇說。

「噢！天哪！這話聽起來真噁心，什麼叫做深愛對方？」左曲曲做出嘔吐的動作。

「要我愛牠？等太陽從西邊出來東邊下山吧！」右彎彎說。

「哼，懶得理你，我要走了。」左曲曲扭動身體要離開陶壺，右彎彎橫阻在牠的面前。

「我先下去。我今天如果沒有離開你，明天開始我就立起來走路。」右彎彎一臉霸氣的說。

「你憑什麼先下去？我要先下去。我今天如果沒有離開你，明天開始我就倒著爬行。」左曲曲不甘示弱的瞪視著右彎彎。「人家都說左右左右，左在前面，當然是左先下去。」

「十個人裡有九個用右手吃飯、寫字、提重物，右手的作用大於左手，所以是右先下去。」

「我們雖然是雙胞胎，但是我比你早完成一分鐘，你也得叫我哥哥。」左曲曲說。

「你……」右彎彎快被氣死了，但是因為找不到話來反駁左曲曲，只能氣得直發抖。

「噓！」胖胖蛇滾到門邊，貼著門聽著，小聲的說：「有人來了啦！」

「噓，優瑪來了。」胖胖蛇再次發出連串的噓聲提醒大家。所有的蛇全靜止下來，聽到樓梯上響起腳步聲。兩頭蛇立即閉上嘴巴，恢復原來的姿勢。其他的蛇也倏地回到自己位置，文物收藏室恢復先前的寧靜。

「優瑪都不睡覺的嗎？」大歪疑惑的自言自語。

「這就是我的優瑪，完全不按牌理出牌。」二歪笑著說。

優瑪一拐一拐的走上樓，剛剛那碰撞聲，原來是優瑪在樓梯上摔跤的聲音。帥帥蛇的眼珠心疼的跟著優瑪有點瘀傷的腳移動，而優瑪絲毫沒受到摔跤的影響，開燈後神情愉快的走進來，像往常一樣逐一摸著每一個雕刻品。

「嗨，你們好哇！嗨，大胖、彎彎、曲曲、大歪、二歪、帥帥蛇、阿瘦、大直、大妞，大山豬、小山羌……你們今天快樂嗎？」

一條蛇來不及爬回自己的木雕，就近躲進一個陶壺，和另外三條蛇擠在同一個陶壺，優瑪並沒有發現，她的手輕輕劃過陶壺，邊走邊和群蛇說話：

「部落就要有大事發生了。岩石山上那顆凸出來的岩石出現大裂縫，沒多久就要崩塌滾下來。但是你們不要擔心，我們的家並不在危險警戒區。但是它會壓扁部落好幾戶人家的房子，這讓我非常擔心。我們要一起向天神祈禱，希望岩石崩塌的時候，每個族人都平安無事。」

優瑪再度從文物室的最角落往回走：「就是跟你們說這件事。現在，我們說晚安吧！」

優瑪離開收藏室，關上燈鎖上房門後，群蛇重新溜到地板上，但是已經失去跳舞的興致。

「好端端的怎麼會出現大裂縫呢？」胖胖蛇說。

「我們的優瑪好可憐，年紀這麼小就要承擔這麼大的壓力！」帥帥蛇心疼的說。

古陶壺上的兩條蛇再度聒噪起來。

「小勇士，幫我把窗戶開一條小縫好嗎？我今天真的要離開這條討厭的大臭蟲。」右彎彎對木雕上拿著一把彎刀的小勇士請求著。

「小勇士，你也幫我開一個窗，我也要離開這個我厭惡了幾百年的傢伙，只有離開牠，我的生命才可以重新開始。」左曲曲說。

「噓！」胖胖蛇做出靜音的指示。

群蛇靜止不動。

「窗外有人。」胖胖蛇說。

「是誰在窗外？」阿瘦害怕的問。

「我確定那不是人，那是……是一隻……什麼……是一隻豬吧！」右彎彎說。

「嗯，我也有同感，那不是人。但也不是一隻豬。」左曲曲點點頭說。右彎彎和左曲曲難得意見相同，牠們互看一眼後，從鼻孔用力的哼一聲，幾乎同時厭惡的將頭甩開。

「那龐大的身影看起來不像是豬。他已經在那裡逗留好幾天了。」帥帥蛇擔心的說。

「不知道怎麼搞的，他在那裡讓我很不安。」瘦得像根繩子的阿瘦也憂慮的說。

「我也這樣覺得。」胖胖蛇說。「他到底想做什麼？」

一大塊灰色的雲，吐出了皎潔的月亮，讓月光重新灑向大地，文物收藏室的窗外立刻投射出一個巨大的黑影。巨大的黑影在月光下揮動雙手，陰影掃過收藏室裡的文物，彷彿在召喚誰。

恐懼、焦慮、不安的氣氛瀰漫整個收藏室。

4 頭目日記

優瑪推開沙書優房間的木門，站在門口，感傷的看著父親的房間。對沙書優的想念就像卡嘟里山的濃霧，很快的就把優瑪給吞噬了，優瑪感覺到胸口又緊縮起來。在今天以前，她刻意不進入父親的房間，就是不想被這些濃霧般的想念給淹沒。

優瑪彷彿看見沙書優坐在書桌前抽著菸斗閱讀，他轉身看見優瑪，展露笑容熱切的招呼著：「優瑪，過來呀！陪爸爸看書。」

優瑪表情憂傷的走向書桌，輕輕的撫摸著桌面，以及沙書優使用過的菸斗，優瑪眼裡盈滿了淚水。書桌上擺著兩個相框，一個是沙書優和優瑪的母

親伊麗年輕時候的合照，另一個則是沙書優、優瑪、胖酷伊以及以前奶奶的合照。優瑪拉開椅子坐下，拿起沙書優與伊麗的照片親吻了一下後放回原位。

優瑪拉開抽屜取出一個小木盒，打開蓋子，裡頭躺著一把銅製的鑰匙。

一年多前，沙書優告訴她這把鑰匙的故事……

沙書優從木盒裡取出銅製鑰匙，拿到優瑪眼前，很嚴肅的說：「我的小優瑪，有一天，你會繼承卡嘟里部落的頭目，你一定要記住而且妥善保管這把鑰匙。」

優瑪接過鑰匙在手上把玩著：「為什麼有一天我一定要繼承卡嘟里部落的頭目？為什麼不是別人？」

「這是天神賦予我們達卡倫家族的天命。四百年前，我們的祖先達卡倫率領著族人飄洋過海來到卡嘟里山時，就已經注定達卡倫家族必須世世代代為族人的幸福努力。我們責任重大，優瑪。」

「這是哪裡的鑰匙呢？」

「這是頭目書房的鑰匙。你現在還不能進去，等你繼任頭目之後，才可以進入。」

「頭目書房裡面有什麼，必須這麼慎重的鎖起來？」

「頭目書房裡有我們祖先，也就是歷代頭目所寫的日記。我們敬愛的祖先留給我們最珍貴的東西都在裡面。這是一間生活百科書房，是祖先智慧的結晶，記錄著卡嘟里部落每一天生活的軌跡。當你遇到困難的時候，可以進入書房，翻閱日記尋找解決的方法。」

優瑪拿起銅製鑰匙，蓋上小木盒的蓋子，走出沙書優房間。

這是一間三十坪大的書房，四面牆都是書架，架子上整齊的按照年代擺放著祖先所寫的頭目日記。優瑪站在書架前驚訝的看著，心裡讚歎祖先的智慧與用心。胖酷伊則一屁股朝椅子坐下，晃著他的兩條腿。

「姨婆說以前以前的頭目去過迷霧幻想湖。胖酷伊，你猜猜看，到底是哪一個頭目曾經去過迷霧幻想湖，又為了什麼事去幻想湖呢？絕對不會是芝麻綠豆大的事。到底是為了什麼事呢？」

「可能是誰被幻想湖的翹尾巴小水怪咬了，他去討藥。」胖酷伊一邊把玩著優瑪的雕刻刀一邊說。

「這麼多日記，該從哪個頭目找起呢？應該不是父親，根本沒聽他說過這件事！」

優瑪繞著書架緩慢的走了一圈。「看來只能一本一本的看了。但是事情這麼緊急，我一天也看不完這全部！」

優瑪走到擺放沙書優日記的書架前，撫摸著日記，她很輕易就能找到沙書優的日記，因為沙書優會在日記本上刻上太陽的標記，圓圓的太陽和十二道溫暖的光芒。

「沙書優會在他所創作的石雕以及木雕上刻上太陽，那成了他的標記。沙書優說，太陽非常公平的將能量分給世界上的每一種生靈，我們應該敬畏太陽。」

優瑪記得沙書優說過的每一句話。不知道為什麼，以前總要沙書優嘮嘮叨叨幾十次她才會記住的事，沙書優失蹤之後，所有聽過看過摸過的記憶卻彷彿在沉睡了十年之後全部甦醒。

「我記得太陽的味道，優瑪。」胖酷伊希望這句話能安慰優瑪。

優瑪看著胖酷伊，無言以對。她走到曾祖父的書架前，隨手抽出一本日記：「就從曾祖父開始吧！我們的時間很緊迫。」

日記是用獸皮裝訂的線裝書。優瑪小心的翻閱。

當太陽的影子到達黑色石板的時候，卡魯愁眉苦臉的到家裡來，希望我想辦法幫幫他。

三個星期前，卡魯到山上打獵的時候遇到許願精靈，因為太過緊張，沒有分辨出眼前跳來跳去的精靈到底是扁柏還是檜木精靈，慌亂之下許了一個願望，希望自己土地上的地瓜長得比自己的頭還大。結果別人家的地瓜都收成了，他的地瓜田裡的地瓜卻只有大拇指這麼大，這就是隨便許願的後果。

這真是一個難題！得先知道扁柏精靈到底在卡魯的土地上動了什麼手腳，才能夠對症下藥，讓土地重新快樂起來。

「哈哈哈，笑死我了，又被扁柏精靈整了。」優瑪大笑起來。

優瑪連翻了幾頁，曾祖父究竟有沒有找到讓土地重新快樂的方式？

我跪在地上將鼻子貼近泥土時，聞到一股金屬味，經過磁鐵試驗，果然吸取了一大把的鐵屑，扁柏精靈在卡魯的土地上灑了薄薄一層鐵屑，惹得土地非常不高興，不願意釋放養分。土地重新整理之後，卡魯的土地又快樂起來了。

胖酷伊坐在一旁，拿著雕刻刀削著自己的小腿。聽完卡魯的笑話，大笑起來，手上的雕刻刀不慎鑿下一大塊木塊。

胖酷伊慘叫一聲：「哎呀呀！這下糟了！」

優瑪聽見胖酷伊慘叫聲，轉頭去看，鑿下的木塊正慢慢的長回去。

「你已經很完美了，不要再修來修去了，請尊重我的著作權。」優瑪從胖酷伊的手中搶回雕刻刀，擺在書桌上，繼續閱讀日記。「你得學習欣賞創作者的藝術表現。」

「藝術表現？如果這個藝術完成品是有生命的，他到底有沒有表示不滿的權利呢？」胖酷伊小聲的在優瑪背後嘟嘟囔囔的抱怨著。

「你當然有發表不滿的權利，但是這樣也改變不了你很完美的事實。」

胖酷伊誇張的尖叫起來：「這叫完美？你看看我這張嘴巴！你看看我這個大肚子，看看我這兩隻大小不一的手，還有我的腿這麼粗，這叫完美？」

優瑪頭也沒抬的說：「你是我六歲時完成的作品，你期待一個六歲的孩子刻出什麼偉大的木雕？那時候部落裡的人都叫我神童了。早知道你真的可以變成人，我一定會把你修得勻稱一點。」

優瑪接著抬頭看了一眼胖酷伊：「你的嘴巴是太大了點，不過，大嘴巴總是有大嘴巴的好處嘛！」

優瑪繼續翻著曾祖父的日記。

今天沒什麼事，陽光很熱，蟬叫得特別大聲。下午在部落散步巡視的時候，經過四季豆的家，不小心聽到四季豆和她的媽媽在說話。媽媽問四季豆為何這次釀的小米酒不香呢？四季豆說，釀小米酒的時候，忘記唱歌了。

優瑪打了一個大呵欠之後，整個人忽然清醒過來。「我得趕緊找出關於迷霧幻想湖的相關記載！」

優瑪轉身望著胖酷伊：「你看你，整個晚上都在幹什麼呀！一點忙都幫不上。」

「那是你的錯，你當初許願的時候，只希望我會射長矛、抓飛鼠和抓山豬，所以我連一隻老鼠也抓不到，更別說認識字了。」

關於這點，優瑪也覺得無可奈何。遇見檜木精靈那年她才六歲，就在她完成胖酷伊小勇士雕刻的那天，她自言自語的對著胖酷伊雕像許願：「希望胖酷伊活過來變成真正的小勇士，他手上的長矛可以射到卡嘟里山的山頂，他是卡嘟里部落最會抓飛鼠和抓山豬的勇士獵人。」一個調皮的檜木精靈蹦蹦跳跳的打從優瑪窗邊經過，成全了優瑪的這個願望。

優瑪覺得她翻閱日記的速度必須加快一些，否則會來不及。但是她的眼睛睏倦極了。一想到裂開的岩石山，優瑪揉揉眼睛，勉強打起精神。

「胖酷伊，我是不是也應該開始寫我的頭目日記呢？要不然等父親回來，我怎麼對他交代他不在的這段時間所發生的每一件事呢？」

不見胖酷伊回應，優瑪轉頭望去，胖酷伊坐在椅子上睡著了，他還說著夢話：「我希望優瑪可以很快的找到關於迷霧幻想湖的日記……」

優瑪把視線拉回日記上。翻完一本日記，她起身走向書架，將日記放回原位，重新拿了一本回到座位，翻開，打了一個大呵欠後，看了兩行字，敵不過睡神的誘惑，終於趴在日記本上睡著了。

夜晚的寧靜，將屋外青蛙嘓嘓嘓的叫聲、各類昆蟲的唧唧吱吱聲，以及遠方森林傳來的山羌叫聲凸顯出來，自動編織成一首「卡嘟里深夜交響樂曲」。

書房的窗戶無聲無息的被悄悄推開，一顆金黃色的球從窗外「咻！」的一聲竄進書房。球繞著優瑪蹦跳了幾秒鐘後停住，從球裡鑽出一顆頭顱、兩隻手和兩隻腳，頭頂上長出一根小樹枝，枝葉上有一顆橢圓形的毬果。

檜木精靈對著熟睡的優瑪說：「要不是有人許了這個麻煩的願望，我才懶得理你呢！你看看你，你就是這麼容易分心，如果你細心和專心一點，剛剛已經找到你要的東西啦！你就這樣漫不經心的讓它們從你的眼球底下掠過。」

檜木精靈走向書架，拿起優瑪剛剛讀完並且已經歸位的曾祖父日記。

「誰有你這麼好的運氣，在上千本日記裡，隨手一抽就中獎啊！哼！」

檜木精靈翻閱日記本，將記載著迷霧幻想湖的日記扉頁攤開，擺在桌上。「大功告成！」檜木精靈拍拍手掌跳上窗戶準備離去，回頭看了一眼日記本，覺得不妥，跳回書桌上，抽出被優瑪壓在雙手底下的日記，換上記載著迷霧幻想湖的日記。

檜木精靈露出滿意的微笑，放心的變化成球的模樣準備跳出窗外時，看了一眼在椅子上咧著大嘴傻乎乎睡著的胖酷伊。他停頓了一下，露出不懷好意的笑容，跳到胖酷伊面前對著他的臉吹了一口長長的氣。胖酷伊眨眨眼醒來，看見檜木精靈，嚇了一跳，轉頭看看趴在桌上睡著的優瑪，優瑪依然熟睡，胖酷伊再轉頭看看檜木精靈，張口結舌的想要許願，卻結結巴巴的一個字也說不清楚：「我、我……我、我想……」胖酷伊的喉嚨好像卡了一團湯圓般，一句話也說不出來。

看著胖酷伊著急的模樣，檜木精靈覺得好玩極了：「哈哈哈，別說我不給你機會，機會稍縱即逝，錯過這次你得再等一百年。嘿嘿嘿，呵呵呵。」

檜木精靈變回一顆球的模樣，在書房裡蹦跳了幾下，旋即飛出窗外，消失在黑夜裡。

直到檜木精靈不見了蹤影，胖酷伊才脫口而出：「我希望變成一個身材很棒的大帥哥勇士。」

來不及了，一切都來不及了！胖酷伊懊惱的蹬了幾下腳。

優瑪迷迷糊糊的抬起頭來，換了另一個姿勢繼續呼呼大睡。

胖酷伊推了推優瑪：「醒來醒來，天就要亮了。醒來看日記。」

優瑪睡眼惺忪的直起身體，抹去嘴角的口水。

「剛剛檜木精靈來過了。」胖酷伊神情懊惱的說。

「你是在作夢吧！胖酷伊。」優瑪同情的說。「我很抱歉有太多讓你不滿意的地方，但是，你也不要老想著檜木精靈會無端闖入人類的書房吧！」

「我知道說了你也不會相信。但那是千真萬確的。」

「那你許願了沒有？」

「我來不及許願，我的喉嚨卡住，說不出話來。」

「這就是了，胖酷伊，你剛剛確實在作夢。有時候夢境太逼真，會讓你無法分辨是現實還是夢境。」

胖酷伊攤了攤手：「算了，我就知道你不會相信。」

優瑪重新閱讀日記，忽然間瞪大眼睛，看見日記上清清楚楚的寫著「迷霧幻想湖」這五個字。

「找到了，找到了！」優瑪叫了起來：「我以為至少要花五年讀完所有的日記才找得到呢！」

昨天亞曼經過湖邊，祖傳的開山刀不小心掉進湖裡了。亞曼哭著來求我幫他找回開山刀。我不得不去拜訪迷霧幻想湖，請他們把開山刀還給亞曼。

這四百年來，部落和迷霧幻想湖從來沒有正式的往來，只聽過有幾個族人曾經不小心跌進迷霧幻想湖，被湖裡的翹尾巴小水怪咬得遍體鱗傷還笑了三天。

據掉進湖裡的族人說，掉進水裡的剎那，出現過非常美麗的幻象。沙達在幻象中看見一個美麗的女子在水中跳舞，舞姿優美動人，沙達向她求婚，女子立刻答應，並邀請沙達在水中跳舞，忽然間沙達被湖裡的怪魚咬了一口，幻覺瞬間消失，傷口疼痛得讓沙達拚命掙扎上岸。沙達雖然很清楚女子是幻覺，卻相信湖中的迷霧城堡裡住著一群美麗的女子。

迷霧城堡、翹尾巴小水怪、絕美幻象、疼痛，關於迷霧幻想湖，我們所知道的就這麼多了。該怎麼做才能見到迷霧城堡的主人並和他們交談呢？

辦法還沒有想出來之前，我是睡不著覺了。

優瑪深深的吸了一大口氣，再緩緩的吐出來，小心翼翼的翻頁，深怕一不小心，日記裡的字會受到驚嚇而逃跑。

今天真是一個特別的日子，我用極為慎重又興奮的心情寫下這則日記，因為這是一個別具意義的紀錄。

迷霧幻想湖中央出現一幢用霧建築起來的城堡。我站在湖岸邊，思索著各種到達迷霧城堡的方法，游泳不可行、做一艘船、向檜木精靈許願給我一對翅膀……再也想不出其他方法了，我將寫了求見信的白手帕綁在箭上，一箭射向城堡的外牆。

神奇得很，箭牢牢實實的射進霧築成的牆上，那牆看起來那麼虛幻卻又那麼堅固。幾秒鐘之後，箭完全消失在牆裡，感覺上彷彿牆內有一股力量將它吸進去。沒多久，從湖中心緩緩的伸出一座拱形的霧橋到岸邊，霧橋就像一座用白色粗線「畫」出來的橋，橋面鋪著一層薄霧，霧橋襯著綠色的湖，美麗得就像一幅畫。

我站在橋頭看著橋面躊躇著，橋面上的霧不斷的湧動變化，我該怎麼走過這座橋呢？這會不會是一個讓我一腳踩空跌進水裡的惡作劇？我的心怦怦跳著，但是，就算是個惡作劇、就算被翹尾巴小水怪咬傷都得冒險一試。

我深深的吸了一大口氣，跨出我的右腳，哎呀！我竟然

優瑪的心因為過度緊張而湧到喉頭，她趕緊翻頁，咦，怪了，接下來的日記寫的是獵捕山豬的事。優瑪這才發現接下來的幾張日記被撕走了！她前前後後檢查著日記本，三張日記被撕走後在裝訂處都留下破碎的紙張，看來是在很慌張的情況下撕走日記。

「到底是誰撕走了這三張日記？曾祖父到底有沒有順利走過霧橋呢？他究竟在橋上遭遇了什麼事？最重要的部分竟然不見，真是氣死我了！」優瑪急得在書房裡走來走去。

胖酷伊的眼睛跟著優瑪轉來轉去，轉得他頭暈：「停停停，優瑪，你不要再走來走去。」

優瑪仍然喃喃自語著：「沒道理，這個人拿走那些日記有什麼用呢？」

樓下響起兩聲清脆響亮的哨音，優瑪這才發現天已經大亮。她走到窗邊推開窗，看見窗台上躺著一根檜木枝葉，她隨手扔掉，然後探出頭去，卻忽然想起什麼。她轉頭看看胖酷伊，腦海裡浮現一串問號，難道檜木精靈真的來過嗎？

吉奧、瓦歷和多米站在樓下仰頭望著優瑪。

「我們來幫你的忙。」多米說。

「上來吧！」優瑪朝他們招了招手。

「優瑪，你這樣做違反規定，頭目書房不准外人進入，就算是頭目的配偶也不能進入。」胖酷伊制止道。

「你不是也進來了嗎？」

「我是木頭人，我進來是要保護頭目的。」胖酷伊挺起胸膛說。

「他們上一秒鐘剛被任命為卡嘟里的副頭目，這樣可以了吧！」優瑪說。

「部落裡有副頭目的職位嗎？」胖酷伊懷疑的問。

幾個人蹦蹦跳跳的上到二樓，穿越文物收藏室，來到書房。三個人站在門口探頭探腦的，一步也不敢踏入書房。

「優瑪，聽我爸說，這間頭目日記書房，除了頭目，其他人是不能進來的。」吉奧說。

「我們不能違反規定，還是快走吧！」瓦歷往後退了一步：「這件事我們可能幫不上忙。」

「嗯，我同意。我們不能挑戰頭目的權威。」多米說。

「你們剛剛被任命為卡嘟里部落的副頭目，所以，我並沒有違反規定。」優瑪口氣堅決的說。

「真的嗎？我們是副頭目嗎？」三個人同時露出驚喜的表情。

「是的，這件事我會記載在我的頭目日記裡。」優瑪得意的認為能做出這樣的決定真是大快人心。

「哇！太棒了。我居然是副頭目！」瓦歷興奮的叫了起來。

三個人這才放心的進入書房。

「優瑪，你找到關於迷霧幻想湖的記載了嗎？」吉奧摸著書架上的日記問。

「找到了，是我曾祖父寫的日記。但是，他走過霧橋進入迷霧城堡和他們談判的那三頁關鍵日記被撕走了。」

「誰撕走了？」多米訝異的問。

「不知道。我完全想不透是誰潛入書房偷走那三頁日記。」優瑪說。

「書房的門一直是上鎖的，只有你們家的人才能開這個門，會不會是沙書優頭目？」多米說。

「怎麼可能？沙書優想知道什麼到書房來翻閱就可以了，幹麼撕去日記？」優瑪反駁。

「也許那三張日記記錄著老頭目不想讓別人知道的祕密？」吉奧故作神祕的說。

優瑪聽了有點生氣：「不會，沙書優做事一向光明磊落，他絕對不會做出撕毀日記這樣的事！」

吉奧見優瑪不高興，立即轉移話題：「既然日記不見，你要怎麼進去迷霧城堡呢？」

優瑪打了一個大呵欠後說：「到了迷霧幻想湖再想辦法，一定有辦法的。」

幾個人離開頭目書房來到庭院，坐在庭院的矮牆上。

優瑪雙手撐住下巴，滿臉的心事。

「優瑪，你不要擔心，我們會陪你去迷霧幻想湖的，就算會被翹尾巴怪魚咬，我們也會陪你，大家一起被咬比較不會痛。」瓦歷說。

胖酷伊拿著小刀片修飾著太過肥胖的左手。吉奧看著胖酷伊，忽然靈機一動：「我們寫封信，然後派胖酷伊游泳送過去，反正他是一塊木頭，不僅不會沉到水底，就算被翹尾巴怪魚咬了也不會痛，是不是啊？」

胖酷伊停止修飾的動作，大眼睛無辜的望著大家，大家也看著他。

「這倒是一個好方法。」瓦歷和多米都點頭贊同。

「我？我只會抓飛鼠和山豬──」

「胖酷伊，漂浮是你的本能，是你不用學習就會的本領。」吉奧說。

「是嗎？優瑪。」胖酷伊轉頭問優瑪。

「是啊！你還沒有變成胖酷伊之前只是一塊木頭，我就是從溪流裡把你拖上岸的。」優瑪說。

「太棒了！胖酷伊，這回你終於有機會做一件比抓飛鼠還要更偉大的事了。」瓦歷說。

「是嗎！」胖酷伊仰起下巴，彷彿已經做了什麼偉大的事情一般的得意。

「這樣真的沒有問題嗎？」其實優瑪也不太確定。

「應該不會有事，從來只聽說翹尾巴怪魚咬人，沒聽過迷霧城堡裡的人傷人。」吉奧說。

「那好吧！就明天過去吧！這件事一定要快點辦好。」優瑪說。

「優瑪，我可不可以拜託你一件事？」瓦歷走到優瑪面前語帶懇求的說。

「什麼事？」

「你到迷霧城堡的時候，可不可以帶幾顆那裡的種子送給我？」

「迷霧城堡是用霧蓋成的，一棵植物也沒有，哪來的種子？」多米說。

「是啊！你真是想種子想瘋了。」吉奧說。

優瑪把目光拋向遠山，她又感到悲傷了！如果沙書優那天沒有出門去打獵，那麼她根本不用寫什麼日記，也不用去幻想湖，只要專心雕刻就可以了。她有多久沒有雕刻了呢？這段時間已經長到雕刻刀都生滿了鏽，等待雕刻的木頭都長出一大叢樹葉來了。

夏雨和獵人阿通

優瑪和以前奶奶坐在餐桌前吃早餐。一碗小米粥，一碟地瓜，還有小米糕。

兩人沉默的用餐，胖酷伊則坐在屋簷下削著長矛。

「姨婆，我吃完飯要去迷霧幻想湖一趟。」

「噢！迷霧幻想湖哇！以前有個頭目去過。」

「你自己一個人在家要小心。」

「你一個人去嗎？很危險喔！」

「我和吉奧、多米、瓦歷還有胖酷伊一起去。」

「噢！」以前奶奶吃了一口小米糕後說：「以前的卡嘟里山很安全的，就算一個人走在森林裡也不會失蹤。」

優瑪將以前奶奶給大家準備的午餐放進背包裡，走出廚房就看見動物研究學者夏雨站在庭院。

「早安！優瑪頭目。」

「早安，夏先生。」

「你要去迷霧幻想湖了嗎？」

「是啊！」

一陣客氣的寒暄之後，夏雨遞給優瑪一張圖表：「這張圖表是我用電腦計算出岩石山崩裂後滾落的路線，也幫你標示出卡嘟里部落有哪幾戶住家可能被岩石碾過，他們必須暫時遷移，這是經過電腦精密計算過的。」

優瑪接過圖表，面露欣喜，必須遷移的住家都用紅色區塊標示出來。

「謝謝你。但是，你為什麼要這樣幫我呢？」

「我對卡嘟里部落的感情，就像我對這片森林和動物的感情一樣深厚。」

夏雨遲疑了一下，抓了抓頭髮後說：「我可不可以拜託你一件事？」

「什麼事？」

「我希望你不要答應獵人阿通的請求。」

優瑪覺得一頭霧水：「阿通並沒有請求我做什麼呀！」

「他會找你的，在你去迷霧幻想湖之前。」

「他有什麼事要請我幫忙？如果阿通真的有困難，我不能見死不救！」

「阿通是個獵人，他找你為了什麼事，用頭髮想就知道了。」

「在我不知道阿通找我到底為了什麼事之前，我不能答應你，你知道的，他是我好朋友瓦歷的父親。」

夏雨難掩臉上的憂慮：「嗯，我還是希望你慎重的思考阿通拜託你的事。不耽誤你的時間，我告辭了。」夏雨說完這句話便離開。

「夏雨和阿通是死對頭，一個研究並保護動物，一個捕捉並販賣動物；一個是擁有豐富鳥類知識的學者，一個是山林長大的獵人。他們痛恨對方。」優瑪望著夏雨的背影對胖酷伊說。她發現胖酷伊根本沒聽她說話，心事重重的削著長矛。

「走吧！胖酷伊。要出發了。」優瑪提高音量說著。

胖酷伊這才收起刀子，收攏長矛站起身來。

「你有心事嗎？胖酷伊。」

「沒有。走吧！」胖酷伊輕輕的呼了一口氣。

優瑪和胖酷伊走在前往入山口的山徑上，看見阿通出現在山徑那頭。

「夏雨說得一點都沒錯，你看前面是誰來了？」優瑪看著前方微笑著說。

阿通手上捧著一個鳥窩，衝著優瑪展開燦爛的笑容。

「優瑪小頭目，你上哪兒去呀？這個森林我最熟悉了，哪一棵樹上爬了幾條毛毛蟲我都一清二楚，所以任何事情我都可以幫上忙。」阿通用爽朗的聲音說著。

優瑪沒有回答阿通的問題，倒是對阿通手上的鳥窩感到興趣。

「這是什麼鳥的寶寶？」

「這是冠羽畫眉的幼鳥，孵出來才五天，毛都還沒長出來。」

「你打算把牠怎麼樣？」

「賣掉囉！你以為瓦歷是怎麼長大的？我們冬天的大衣是怎麼來的？」阿通得意的說：「冠羽畫眉頭上那簇龐克頭很多人愛得不得了呢！把牠們養大

之後，可以賣個好價錢。」

「賣給誰呢？」

「賣給山腳下和城市裡的人。他們有錢有閒，喜歡養鳥當娛樂。」

優瑪看著鳥窩裡的小鳥張著大嘴吱吱叫，等著蟲吃，心裡有一點不舒服，這幾隻小鳥不僅從此失去自由，而且再也見不到媽媽。

「優瑪小頭目，我有件事想請你幫忙。」

優瑪望著阿通，想著夏雨說過的話，冷靜的等阿通說出下文。

「你就要去迷霧城堡了對不對？」

優瑪點點頭。

「我可以陪你去，保護你。」阿通挺起胸膛說。

「你沒有聽說嗎？只有頭目才會被邀請進入迷霧城堡，就算我想讓你去，你都進不去呢！」

「我知道，我也只是問問。」阿通臉色尷尬的說。

「你進去迷霧城堡要做什麼呢？」

阿通遲疑了一下，說：「聽說迷霧幻想湖的迷霧城堡裡有一種極其珍貴的迷霧迷你鳥，我真的很想親眼目睹，如果真能讓我看上一眼，我這輩子就沒有遺憾的事了。」

「依我看，你這輩子註定要遺憾了。」

「但是，也不是沒有其他方法可以填補我的遺憾。」阿通說：「你可不可以幫我多看兩眼迷霧迷你鳥，把牠描述給我聽，這樣我也就心滿意足了。」

「就這樣啊！」優瑪鬆了一口氣。「這樣的小事當然沒問題啦！」

「如果……如果……」阿通欲言又止。「我是說如果，你可以抓一隻送給我，不，我是說賣給我，那就最好不過了。我是說如果，如果很難抓就算了。」

優瑪睜大眼睛，不敢相信自己耳朵聽到的話！「哼，我才不會幫你抓鳥呢，那多不禮貌！」

「我是說如果嘛！如果你覺得不妥那就算啦！」阿通臉上擠出一堆不自在的笑容說：「有空來我家玩哪！瓦歷很期待你來玩呢！我先走了。」

優瑪看著阿通走遠的背影，轉頭對胖酷伊說：「哇！你說這個夏雨是不是很神？他居然知道阿通會為了迷霧迷你鳥來找我！」

「了解你的敵人，才是制勝之道。」胖酷伊擺出一副學者的姿態。「這場戰爭現在已經分出勝負了。」

「那窩冠羽畫眉寶寶真可憐！牠們的媽媽抓蟲回來，見不到寶寶，一定傷心死了。」優瑪憂傷的說。

「瓦歷居然是靠著失去自由的鳥兒長大的。」胖酷伊惋惜的說。

「那也不是他願意的。」優瑪覺得自己有一點點不喜歡獵人阿通，但是，這和瓦歷完全無關，瓦歷就是瓦歷，他說他長大後要當一個種子專家。這樣真好，至少瓦歷不會變成一個讓人討厭的獵人。

6 神祕的迷霧幻想湖

優瑪和胖酷伊抵達入山口的時候，吉奧、瓦歷和多米已經等在那兒了。

「優瑪，你怎麼這麼久才來呀！」多米不耐煩的說。

優瑪看了瓦歷一眼，說：「有一點事耽擱了，走吧！」

森林裡霧氣很濃，樹葉葉尖以及草地上全都是露珠，五個人穿梭其中，沒多久全身已經溼了大半。

迷霧幻想湖距離部落有七公里遠，他們穿越一段黃楊樹林，經過一段起起伏伏的碎石子路，再走過一段布滿亂石的乾涸溪谷，接著進入一片幾乎被芒草掩蓋的小徑，除了胖酷伊，每個人的手臂多處被鋒利的芒草割出細長的

血痕。在芒草叢裡，吉奧不停的回頭望。

「你們有沒有感覺到好像有誰在跟蹤我們？」吉奧問。

「有嗎？有人在跟蹤我們嗎？不要嚇我！」多米害怕的挨近吉奧。

瓦歷又被芒草割了一下，痛得尖叫起來：「這根本就是一條殺人小路。這種鬼地方，一條蛇或一隻小蚱蜢經過都會發出聲音的。我們又不是去尋寶，跟蹤我們有什麼好處！」

吉奧還是不放心的往後張望了一下，他明明聽到一些奇怪的聲響，也許真的只是一條蛇爬過吧！

在芒草叢裡行走了十五分鐘後，眼前出現一片巨木林。

「爬上那段峭壁，穿越森林就到了。」吉奧說。他跟隨父親到幻想湖附近採過幾次草藥，對這條路非常熟悉。

幾個人七手八腳的爬上兩個人高的陡峭石壁，進入卡嘟里山最原始的森林——檜木霧林。蓊蓊鬱鬱的巨木林裡雲霧縹渺，空氣中瀰漫著濃濃的水氣，吸進肺部的空氣寒涼而清新，就連皮膚也感應得到霧林的溼度和溫度的變化。放眼所見，每一棵檜木都是粗壯得需要十幾人環抱的千年大樹，它們直挺挺的以雄渾的氣勢聳入雲端，彷彿正在進行一場激烈的競賽，看誰最靠近天，誰就是最大贏家，就能得到溫暖的陽光做為獎賞。

「這裡是檜木林，也許我們可以遇見檜木精靈。」多米滿心期待的說。

胖酷伊仰望著高聳入雲的巨木，心裡湧起難以言喻的寧靜與幸福，他有一種回家的感覺，說不出有多喜歡這個地方，甚至想永遠留在這裡。四個人已經走遠了，胖酷伊卻淚流滿面的抱著粗大的巨木不願離開。

優瑪發現了反常的胖酷伊，她往回走，走到胖酷伊身旁問：「你怎麼了？」

「我想留在這裡。」胖酷伊說。

優瑪的心彷彿被剛才經過的芒草割傷一般的刺痛了一下。

「這棵樹正在跟我說話。」

「它跟你說什麼？」

「它說要唱歌給我聽，唱一首精靈之歌。」

「我可以一起聽嗎？」優瑪問。

「當然可以。」

優瑪張開手臂抱住檜木，將耳朵貼著樹幹，專心的聽著。

「聽到了嗎？」

「沒有，我什麼也沒聽到。」優瑪失望的說。

胖酷伊陶醉在他的音樂裡，渾然忘我。

「你真的要留在這裡，不想陪我去迷霧幻想湖了嗎？我還需要你幫我送信呢！」優瑪表情憂傷極了，這是第一次，胖酷伊不想跟她走。

胖酷伊看看優瑪，原來想說：「是啊，我哪裡也不想去，只想留在這裡。」但是看見優瑪憂傷的雙眼，想起她最近遭遇的各種難題，實在不忍心在這個時候傷她的心。

「不是，我只想多待一些時候。現在可以走了。」胖酷伊依依不捨的離開檜木。優瑪上前抱住胖酷伊，然後摟著他的肩，走向其他三人。

「這裡是胖酷伊的家鄉，你喜歡這裡、想留在這裡是理所當然的。我們以後會常常陪你回來這裡走走。」優瑪對胖酷伊說。

走了五個多小時的路，終於到達迷霧幻想湖。陰沉的天氣，讓這裡看起來更幽暗陰森了。環繞在湖邊的大樹，樹幹上幾乎被濃密的苔蘚以及松蘿給覆蓋，粗壯肥胖的毛茸茸樹幹，像極了一個個的綠色怪物，你望著他時，他就裝模作樣的靜止不動，一旦你的視線移開，他就開始張牙舞爪的動了起來！

「這裡感覺好陰森喔！」多米說著便搓起手臂上冒出來的一大片雞皮疙瘩。

「這裡根本就不是什麼迷霧幻想湖，而是一個可怖的野獸的家。」瓦歷也因為害怕而感到不安。

碧綠的湖面上漾著淺淺的漣漪。幾十條銀灰色的小水怪突然躍出湖面，發出尖銳刺耳的怪笑聲，嚇得岸邊的每個人都倒吸了幾口氣，連忙往後退了好幾步。

一幢五層樓高的城堡矗立在湖中央，城堡外牆鋪著一層薄薄的霧，窗戶和大門用濃霧線條築成，有時濃霧瀰漫，幾乎看不見迷霧城堡，但是當風把濃霧暫時帶離，城堡又幻化成另一個造型，屹立在湖中。短短兩分鐘的時間裡，湖面的城堡變成一艘船，沒多久又變成一朵大香菇，才一下子又變回城堡。

「這就是迷霧城堡！」優瑪顯得非常興奮，聲音微微顫抖著。

「城堡裡的人走在霧上面，居然不會掉進湖裡？真是神奇！」多米嘖嘖稱奇的說。

「聽說，他們根本就不是人，是湖神。」瓦歷說。

「不是湖神，是霧神。」多米說。

「是苔蘚人。」瓦歷搗蛋的說：「住在這樣陰森地方的人，不會太正常。」

「優瑪，等會兒你見到的人可能就是霧人，你輕輕一吹，他們就會散掉。」多米提醒著。

「霧人？」優瑪的雙腳開始顫抖起來，她的腦子裡浮現出一屋子白霧霧的人影，他們的眼睛、鼻子、嘴巴也全是霧做的，天哪！那跟鬼有什麼兩樣？

「霧人？」胖酷伊全身也開始顫抖起來，腦子裡浮現出和優瑪一模一樣的白色霧人。

「依我看，應該不是霧人，而是全身長滿苔蘚的綠色怪物。」瓦歷故意裝著怪聲怪調說。

「優瑪，我們為什麼一定要去通知他們岩石山就要崩裂的事呢？他們對於森林即將發生的大事應該很清楚才對呀！」多米說。

「大家都住在同一個森林裡，應該敦親睦鄰。」吉奧不耐煩的對多米說：「而且世界上哪有那麼多『應該』的事。」

「胖酷伊，你準備好了嗎？」優瑪轉身尋找胖酷伊，卻不見他的蹤影。

「咦，胖酷伊跑哪兒去了？」

「胖酷伊一定嚇壞了。」瓦歷說。

「胖酷伊！胖酷伊！」幾個人分頭在附近的樹叢裡尋找著。

「胖酷伊，你躲在這裡做什麼？」優瑪叫了起來。

瓦歷、吉奧和多米跑向優瑪，看見胖酷伊正將身體縮進低矮的灌木叢裡，屁股則暴露在外頭。

「胖酷伊，你出來呀！你害怕什麼呢？」優瑪試著將胖酷伊拉出來。

胖酷伊依然縮著身體顫抖著。

「胖酷伊！」優瑪又叫了一聲。

「我不敢去城堡，我害怕見到一屋子的霧人，我怕水，我根本就不會游泳！」胖酷伊顫抖著說。

「你是木頭人，無論如何都不會下沉的！」多米說。

「胖酷伊，你先出來啦！你這樣子真丟臉！一點也不像卡嘟里的小勇士。」優瑪生氣的叫著。「我當年許願的時候，居然忘了給你膽子！」

胖酷伊委屈的從矮樹叢裡鑽了出來，拍拍身上的落葉，哭喪著臉說：「我只是還沒有準備好。」胖酷伊走回湖邊，看著湖面上的迷霧城堡，猶豫不決的說：「再給我三十秒就可以了。」

胖酷伊做了幾次深呼吸，心想：「是啊！我是一塊木頭，痛是什麼滋味我根本不知道，也許我根本就感覺不到痛，就這樣跳下水，然後划動雙手，就可以划到城堡門口，把信交出去，再划回來就行了，這是我唯一可以幫助優瑪的事了。」

一團濃霧聚攏到湖中央，迷霧城堡瞬間變化成一棵約需十人環抱的高聳巨木。一條翹尾巴小水怪躍出湖面怪笑兩聲，再躍入湖裡，湖面上漾起一圈圈的漣漪，將巨木的倒影弄得支離破碎，再慢慢、慢慢的復原。

優瑪把用姑婆芋大葉片層層包裹的信件綁在胖酷伊身上。

「不要擔心，不會有事的，我從來沒有聽過誰曾經在迷霧城堡受到傷害。」優瑪安慰胖酷伊。

胖酷伊心裡想著，是啊！那是因為所有到過或看過迷霧城堡真相的人都被滅口了！曾祖父那幾頁被偷的日記也許剛好就記載著這件事。

「胖酷伊，萬一你發生什麼事，我們會立刻去救你的。」吉奧說。

「根本什麼事也不會發生。」多米說。

「等一等。」優瑪轉身往樹叢走去，從口袋拿出一把小刀，砍下一根長長的藤蔓，然後走回湖邊，將藤蔓綁在胖酷伊的腰上。「如果發生什麼意外，我們會立刻拉你上岸的。」

「謝謝你，優瑪。」胖酷伊用感激的眼神望著優瑪：「只有你最了解我需要什麼。」胖酷伊做了一個深呼吸後，「撲通！」一聲跳入湖中。兩秒鐘後他的頭冒出水面，驚嚇的在湖中鬼吼鬼叫：「救命啊！救命啊！快拉我上去！快拉我上去呀！」

岸上的一群人被胖酷伊嚇得慌了手腳，七手八腳的把他拉上岸。

「你看到什麼了？」多米臉色蒼白的問。

優瑪邊檢查胖酷伊的身體邊問：「翹尾巴小水怪咬你了嗎？」

胖酷伊大口大口的喘氣。

「你到底看見什麼了？」

「我什麼也沒看見。」胖酷伊喘著氣說。

「那你幹麼嚇成這樣？」

「我的鼻子沒辦法呼吸了嘛！」胖酷伊委屈的說。「我早說過，我不會游泳，要先練習游泳的。」

「這下怎麼辦？」瓦歷問道。

「這下怎麼辦？」優瑪重複了瓦歷的話後，搔著下巴思考著：「讓我想想。」

「射箭哪！」多米說。「你們男生不是每年都有射箭訓練嗎？」

「距離太遠了啦！根本射不到。」吉奧說。

「對呀，我怎麼忘記了。曾祖父就是射了一枝箭過去的。」優瑪拍了一下腦袋，懊惱自己太在意被撕走的日記，竟然忘了這麼重要的線索。「讓胖酷伊用他的長矛試試。」

為了彌補剛才的失態，胖酷伊認真又自信的說：「這沒問題，看我的。」

優瑪把信綁在長矛上。胖酷伊調整好姿勢，朝著迷霧城堡扔出手上的長矛。長矛如箭一般直直的穿透湖中巨樹，射在對岸的一棵樹上，因為力道太強勁，把樹給射穿成兩半。大家都看得目瞪口呆。

「胖酷伊，如果你不是一塊木頭，而是卡嘟里部落真正的小勇士，我一定會愛上你的。」多米用崇拜的眼神望著胖酷伊。

「胖酷伊，再射一次，這次不要這麼用力。」吉奧說。

「不必了，他一使勁就是這樣。我試試用喊的，我的嗓門應該夠響亮。」優瑪說。

優瑪看著湖中的巨樹，清了清喉嚨，用全身的力氣吼了起來：「喂——我—是—卡—嘟—里—部—落—的—小—頭—目—優—瑪，有—重—要—的—事—找—你—們—商—量，請—帶—我—進—去。」優瑪清脆響亮的聲音在森林裡迴蕩。

森林裡一片靜寂，鳥不鳴，風不吹，動物也停止走動，整個森林都在等待結果。一分鐘過了，湖中沒有半點動靜，優瑪於是再度張口大喊：「喂——喂——」

湖中白色巨樹的樹梢突然搖晃起來，一圈圈的漣漪迅速從巨樹的根部往外擴散。在所有人驚訝的目光中，一座白色的拱形霧橋從巨樹根部緩慢的往湖岸邊伸展過來，一直延伸到優瑪腳跟前的草地上。

拱形霧橋的橋面鋪著一層薄薄的霧，從上往下看，隱隱約約還可以看見碧綠的湖面。霧橋的把手則是由濃霧建構而成，霧橋上所有的霧都輕微的翻騰滾動。瓦歷蹲下來，用微微顫抖的手輕輕撥弄霧橋，冰涼的霧從他的指尖滑過，霧橋依然輕微的翻騰滾動，彷彿有一個無形的模固定了它們的形狀，不管你怎麼撥弄，都無法改變它的造型。

「這橋……」優瑪猶疑的說：「這橋應該怎麼走呢？會掉進湖裡吧！」

「看起來是這樣。我剛剛摸了一下，冰冰涼涼的，根本就是霧氣，哪是什麼橋。」瓦歷說。

「這可能是一場惡作劇，優瑪。」吉奧好心提醒。

「是啊！看起來像一個陷阱。」多米說。

「不對，迷霧城堡裡的人住在用霧建築的城堡裡，怎麼沒有掉進湖裡？這不合理。」瓦歷說。

說。

「他們是霧人，當然不會掉進去，我們是人耶！有重量的人耶！」多米

優瑪想起曾祖父那幾頁不知被誰撕去的日記，記載的正是曾祖父面對這座霧橋的狀況，如果日記沒有被撕去該有多好？這樣她就可以從曾祖父那裡獲得幫助。到底是誰撕去了日記？優瑪無法理解，到底是誰非得知道該如何通過這座霧橋呢？

多米從地上撿起一塊石頭朝霧橋橋面扔了過去，石頭劃出一道拋物線後穿過薄薄的霧橋，「撲通！」一聲墜落湖裡。

優瑪開始咬起指甲，面有懼色的看著霧橋。她心想，這座霧橋是因為自己要求求見才被放下來的，不管是不是惡作劇，不管會不會掉進湖裡，就算被翹尾巴小水怪咬得遍體鱗傷，基於禮貌她都應該上橋。但是，她也可以什麼都不理呀！他們並不是一般人，岩石山即將崩塌他們應該早就知道了！但是，萬一，萬一他們根本不知道危險將至，整個城堡被崩塌的岩石壓扁了，那又該怎麼辦？天哪！為什麼是自己？曾祖父到底有沒有平安過橋？又是誰這麼可惡，竟然闖入禁地撕走日記？

吉奧的聲音中斷了優瑪的思考。

「優瑪，這下該怎麼辦？」吉奧問。「我們還是回家好了。」

優瑪呼出一口氣，下了一個決定：「不，我要過橋。」

「你會掉下去的！」多米叫了起來。

「就算掉下去我都要走一趟。否則，他們會認為做了四百年鄰居的頭目，原來是個膽小鬼。」優瑪堅決的說，同時往前跨了一步，腳尖抵著霧橋。

「優瑪，如果你掉下去，我會立刻跳下去救你。」吉奧認真又誠懇的說。

「你不怕翹尾巴小水怪嗎？」多米問。

「不怕。」吉奧肯定的說。

優瑪抬起右腳跨出第一步，她把所有的重心放在肩膀，一顆心因為緊張及害怕而從胸口提到咽喉。她下意識的握住霧橋的扶手。一陣怪異的感覺襲來，她確確實實握住一種冰涼如鋼管的東西，右腳輕輕踩在霧橋橋面上，感覺和踩在一般平地沒什麼不同。優瑪的心撲通撲通的快速跳著，她沒有失足落水，左腳也跨出去了，連續走了幾步，站在橋上透過翻騰的薄霧可以看見湖水，三條翹尾巴小水怪仰著頭、張著嘴，露出尖銳的牙齒，吱吱怪叫著。

優瑪每走一步，霧橋就縮短幾公分。優瑪轉身朝湖岸邊站著的夥伴們揮揮手，這時候從樹叢裡突然竄出一個人影，用極快的速度跳上霧橋，卻直挺挺的穿過橋面跌進湖裡。霧橋的霧被打散，很快又恢復原狀。

優瑪站在霧橋上驚訝的看著跌進湖裡的人，岸邊的人也一樣，沒有人來得及看清那個人的長相他就跌進湖裡了。湖面一片靜默，沒多久，一個人頭竄出水面，尖叫著拚命往岸邊游去，一群翹尾巴小水怪尖聲怪叫的在他身邊跳來跳去。「哎呀！痛啊！痛啊！好痛啊！不要再咬了！」

這下子大家看清楚了，優瑪也看清楚了，這個人居然是獵人阿通！

「爸爸！你來這裡幹什麼！」瓦歷叫了起來，搶過胖酷伊還握在手中的藤蔓，往阿通扔過去，扔了三次才讓阿通抓住，吉奧和多米幫忙拉藤蔓，終於把阿通給拉上岸。

阿通在幹什麼呀！他竟然想用這種方式強行闖入迷霧城堡。優瑪非常生氣。但是，為什麼她可以穩穩的走在橋面上，阿通卻摔進湖裡呢？原來，沒被邀請的人真的會掉進湖裡。

優瑪在距離霧橋盡頭約五步遠的地方停住腳步，白色巨樹的樹幹上開啟了一扇門，門裡響起類似水滴般的音樂。因為緊張而繃緊的肩膀，在柔美的水滴音樂聲中悄悄放鬆了，優瑪把全身的重心放回腳上。優瑪回過頭去，吉奧、瓦歷、多米和胖酷伊因為距離遠了看起來好小，他們在湖岸邊等著，讓她覺得很安心。身後的霧橋因為優瑪抵達城堡而完全消失。

優瑪轉身走進那座變化成白色巨樹，傳說了四百年的迷霧城堡。

一波濃霧飛湧至湖中心，白色的巨樹慢慢變成一條土灰色的翹尾巴小水怪，水怪的尾巴還不停的搖來擺去。已經走進城堡的優瑪對這個變化毫無所知，甚至沒聽到多米在湖邊瘋狂尖叫：「優瑪被翹尾巴小水怪吞進肚子裡去了！」

7 迷霧家族

優瑪進入巨樹之後，身後的白色大門立即緩緩關上。

優瑪被眼前的景物嚇得目瞪口呆！這不是一個大廳或者一個房間，而是一座用卡嘟里山區特有的頁岩石建築而成的三層樓高城堡，城堡的建築方式和卡嘟里部落一模一樣。

城堡附近是茂密的森林，前面則是一大片的草原，草原上有一群走來走去的小東西，其中幾個朝優瑪走來。小東西愈來愈靠近，優瑪定睛細看，居然是湖裡的翹尾巴小水怪，牠們居然也可以在陸地上生活！愈來愈多的小水怪朝優瑪靠近，牠們一邊用尖尖的尾鰭走路，一邊尖聲怪叫，不懷好意的逼

近優瑪。

小水怪愈聚愈多，牠們表情凶惡的怪叫著，嚇得優瑪在草地上奔逃：「救命啊！救命啊！」

一聲巨雷般的聲響在空中爆開：「你們這些醜怪魚，統統給我退下！這是你們對待客人的方式嗎？」

翹尾巴小水怪聽到這聲吼叫，嚇得立刻轉身撤退，一個個撲通撲通的跳進湖裡。

優瑪喘著大氣，好讓受到驚嚇的心回到原來的位置。看著最後一隻小水怪跳進湖裡，優瑪這才放心的轉過身去，這一轉身，她又嚇了一大跳，眼前站著一個高大健壯的老人，穿著一套綠色的對襟長衫，腰間繫著一條粗麻繩，暗綠色頭髮與鬍子像刺蝟的刺一般硬邦邦的長著，眼睛又圓又大，眼神裡有幾分屬於孩童的稚氣。看著老人的眼睛，優瑪受到驚嚇的情緒稍稍平穩。

「優瑪小頭目，到這裡來有何指教呢？」老人面容看起來嚴肅，聲如洪鐘，態度卻是親切的。

「你是？」

「我是迷霧城堡的堡主。」老人說：「我們這兒啊，四百年來沒多少客人來，你是第三……」老人臉上閃過一絲憤怒的神色，自己察覺後覺得不妥，立即調整臉色，掛上一抹淡淡的笑容繼續說：「你是我們城堡第四個客人。有什麼指教呢？」

「我要告訴你們關於……」

「其實，我知道你的來意。」

「什麼？你知道了？」

「是啊！我怎麼可能不知道！」

「那你們打算怎麼辦？」

「當然是把那小子抓來撕成碎片，然後餵給湖裡的魚當點心吃。」迷霧堡主忿忿的說。

「啊？那個小子？」優瑪一頭霧水，迷霧堡主說的是哪一樁事啊？

「你說的難道不是藤蔓那個臭小子嗎？」

「藤蔓怎麼了？」優瑪驚訝極了：「藤蔓來過這裡？我怎麼不知道？」

「原來你不知道藤蔓的事。」迷霧堡主沉思了一會兒，摸摸他粗粗的鬍子問：「那你今天來是為了什麼？」

「藤蔓到底發生了什麼事？」優瑪又問了一次。

迷霧堡主繼續玩著他的粗鬍子，一副不想回答這個問題的模樣。兩個人你看我我看你的沉默了好一會兒，優瑪才率先開口：「噢，是這樣的，卡嘟里部落上方有一座岩石山，上面的岩石最近裂開了，裂縫愈來愈大，如果有一百隻大黑熊一起經過岩石山，地面受到震動，岩石山就會斷裂崩塌。經過我們仔細的推算，崩裂的岩石會一路滾過森林、壓扁卡嘟里部落十幾戶人家的石板屋，最後滾進迷霧幻想湖。」優瑪一口氣說完。

迷霧堡主聽完，臉上沒有任何的表情，也就是說，他聽到這麼恐怖的事即將發生，臉上卻沒有一絲絲的驚恐，這點讓優瑪非常吃驚！她以為她會見到一個驚慌失措、嚇得臉色發紫的人。

「你覺得，」迷霧堡主停頓了一下，繼續說：「我們必須撤離這個湖？」

「是啊！那塊岩石和迷霧幻想湖一樣大呢，到時候會把你們全都壓扁的！」優瑪刻意提高音量，希望他們了解事態的嚴重性。

「這樣啊。」迷霧堡主依然氣定神閒的說：「我們會想辦法的。」

「你剛剛說『我們』，還有其他人住在這裡嗎？」

「我、我太太，還有一個女兒。」

「她們都不在嗎？」

「我太太不想見任何人類。我女兒……她……」迷霧堡主往城堡意味深長的瞧了一眼說：「哼，不提她了。」

忽然，迷霧堡主的鬍子冒出煙來。

優瑪看傻了眼！著急的叫了起來：「你的鬍子，你的鬍子！」

堡主往下瞧了瞧自己的鬍子，發現冒煙了，趕緊吹氣滅火。

堡主揮了揮手說：「你不要大驚小怪，我一生氣就會這樣！」

湖裡幾隻翹尾巴小水怪偷偷溜上岸，在岸邊彼此看不順眼，爭吵起來互咬成一團，發出非常尖銳的嘈雜聲。迷霧堡主大吼了一聲：「你們全都給我閉嘴！」咬成一團的小水怪立刻分開跳進湖裡。堡主的鬍子又冒出煙來，他趕緊吹氣滅火。

「這些怪魚，每天吵得我頭痛！」

「我可不可以問一個問題呀？」優瑪結結巴巴的說。

「沒問題，你想問什麼都可以。」堡主微笑著說。

「你們……你們到底……到底……」

「你想問我們到底是不是人類？」

「是、是啊！」優瑪尷尬的笑著。

迷霧堡主笑而不答。

「你為什麼懷疑我們不是人類呢？」

「迷霧城堡建在湖中央，而且是用霧建成的，這不是人能夠做到的；還有，站在湖岸邊看這變來變去的迷霧城堡並不大，但是走進這個空間，卻寬闊得不得了。簡直是另一個世界，這麼重的重量為何能放在無法承受任何重量的霧上面呢？就算人類最頂尖的建築師也做不到……」

迷霧堡主看著優瑪，目光裡盡是讚賞：「你的懷疑非常合理……我們的確不屬於人類。」

「那為什麼你們擁有人類的樣貌和身形？」

「那是因為你來的關係。」

「因為我來的關係？」優瑪不明白：「你們原來是什麼樣子呢？」優瑪的

雙腿不自覺的又顫抖起來，心裡一方面害怕下一秒鐘他們就現出「原形」，另一方面又很想見見他們的真面目，東想西想，緊張到不知所措。

「我為了不嚇到你，所以變成人的樣子。你離開城堡之後，我們仍然可以一直保持人類的樣子。我們可以隨心所欲的變成自己想變成的樣子。」

「就像迷霧城堡的外觀那樣變來變去嗎？」

「對。」

「為什麼它可以這樣變來變去？你們有魔法嗎？」

「迷霧城堡是一個想像的世界，我無法準確說出這個空間有多大，總之，絕對不是你眼睛看到的迷霧幻想湖這麼小而已。」

「想像的世界？」

「你以為城堡裡是什麼樣子，它就是什麼樣子。比如，你想像它是一個富麗堂皇的宮殿，那它就是一個富麗堂皇的宮殿；你想像它是一個獵人在山上隨意搭建的小工寮，那它就是一個獵人的小工寮；你想像它是一個和卡嘟里部落一模一樣的地方，那它就是卡嘟里部落的翻版。但是，你最好不要這樣想像，否則你會把這裡和真正的卡嘟里部落混淆而回不了家。」

「你們原來的樣子是什麼呢？」優瑪好奇的開始追根究底。

迷霧堡主又笑了起來。

「你不會想看我們真正的樣子的。」迷霧堡主笑著說。

「很醜嗎？」

「才不醜呢！」

「我知道了，你們頭上長著兩隻奇怪的角。」優瑪伸出兩隻手，張開五指放在頭上，擺動手指頭。

迷霧堡主被逗得哈哈大笑：「我們才不長角哩！」

「晴天沒有霧的時候，你們又在哪裡呢？」

「我們一直都在這裡，不管有沒有霧。有霧的時候，城堡才會顯現。」

「噢，就像浮水印的設計那樣，遇到水之後影像才會浮現出來。」優瑪興奮的說。

「對，就是那樣。」

「你們是神仙嗎？」

「神仙是什麼？」

「神仙就是不用工作、沒有煩惱，會施法術，每天都非常快樂的人。」

「如果是這樣的話，那很接近了。但是我們要工作，我要看管這群醜魚，這是我們住在湖上的交換條件；還有，我當然也有解決不了的煩惱。」

「那你們到底是不是神仙？」

「不是那麼絕對的神仙，我們只是善於運用『想像』這東西。你希望我們是神仙嗎？」

「如果你們是神仙，也許剛好知道我父親沙書優在哪裡。」

「你父親怎麼了？」

「他到山上打獵的時候失蹤了。」優瑪憂傷的說。「他有沒有來過這裡？整個卡嘟里山都找遍了，只剩下迷霧城堡沒有找。」

「沒有，他沒有來過這裡。沒有受到邀請的人，根本進不來迷霧幻想湖。除非……除非他用邪惡的力量入侵迷霧幻想湖的想像空間。」

優瑪露出疑惑的表情，邪惡的力量？那是什麼？

迷霧堡主看出優瑪的疑惑。

「這個邪惡的力量不是一般人可以擁有的。所以，我不認為你的父親會在想像空間裡。」

一隻紅色的鳥唱著輕快的歌，飛越他們頭頂，優瑪抬頭看了一眼，想起阿通的請託。

「那是迷霧鳥嗎？」優瑪問。

「城堡裡沒有迷霧鳥，那是紅色幻想一號。」迷霧堡主說。

迷霧城堡裡真是無奇不有，連鳥都是幻想出來的。

「紅色幻想一號可以飛到我們部落嗎？」

「不，牠只能在迷霧幻想湖的想像空間裡飛行。」

「那你們準備怎麼做呢？」優瑪問。

「噢，你說那個岩石山是吧？我們會留意，謝謝你專程來告訴我這個消息。真是太謝謝你了。請你等一會兒，我有個禮物要送你，我知道你喜歡雕刻，對吧？」

迷霧堡主拍了兩下手掌，一群翹尾巴小水怪合力扛來一塊和優瑪身高相當的方形木頭，擺在優瑪腳跟前。迷霧堡主拿起木頭遞給優瑪。

優瑪的眼睛亮了起來，伸手接過來，細細的觸摸，多漂亮的木頭哇！它的紋路不斷的變化著呢！多特別啊！該把它雕刻成什麼呢？優瑪的腦子頓時忙碌起來，轉哪轉哪轉哪轉個不停。

懷裡抱著木頭，優瑪忘了自己身在何處，也忘了到幻想湖的目的了。「我應該回去了。」她突然想立刻飛奔回雕刻室去雕刻。

迷霧堡主伸手一揮，眼前立即出現一道門。門緩緩的自動開啟，霧橋從門的底部慢慢延伸出去。

「這座霧橋為什麼其他人都上不去呢？」優瑪望著霧橋問。

「我們已經對它施了指令，只有被允許的人才可以安全的通過這座橋。」

「我們是不同世界的人，你們對我們人類的生活感到好奇嗎？你們曾經走過霧橋進入我們部落嗎？」

迷霧堡主遲疑了一下才說：「我們……我們之中曾經有一個人因為好奇，進入你們的部落參觀過。」

「是誰呢？是誰去過我們的部落？」優瑪好奇的追問。

迷霧堡主臉上出現痛苦的表情，沒有回答。

優瑪踏上霧橋，忽然想到一件重要的事。

她轉過身問迷霧堡主：「你之前提到藤蔓，他到底發生什麼事了？身為部落的頭目，我必須關心部落裡最優秀的青年獵人。」優瑪擔心迷霧堡主不肯說明白，特別加重語氣的說。

「我想請你轉告藤蔓，我不會把霧兒嫁給他的。請他早早死了這條心吧！我只能說到這裡了。」迷霧堡主表情嚴肅的說。

優瑪恍然大悟，原來藤蔓愛上迷霧堡主的女兒！難怪他會這麼關心迷霧幻想湖。

胖酷伊、吉奧、瓦歷和多米急切的在湖岸邊等候，他們不時拉長脖子，瞧著變化多端的迷霧城堡。

優瑪進入城堡的兩個小時，城堡從翹尾巴小水怪變成數字8，再變成一個下弦月，一直到現在的大青蛙。

「優瑪會不會出不來了？」多米擔憂的說。

「不會的，優瑪不會有事的。」胖酷伊焦慮的喃喃自語。

霧橋從青蛙的大嘴裡緩緩吐出，一路伸展到大家的腳跟前。優瑪從大嘴裡走出來，手裡抱著一塊大木頭，腳步穩健的走在霧橋上。她回頭瞧了一眼迷霧城堡，猛地想起一件事，堡主怎麼會知道她愛雕刻？他聽到岩石即將滾落迷霧幻想湖卻一點也不著急，是因為他早就知道這件事了嗎？

「優瑪，優瑪！」大家興奮的朝優瑪揮手。

一條翹尾巴小水怪似乎興奮過頭，高高的躍出水面，掉落在優瑪的右腳上，小水怪和優瑪同時嚇得大叫。優瑪抬起右腳用力甩踢，想把翹尾巴小水怪踢下水，卻因為太用力，將鞋子和小水怪一起踢進水裡。

「糟糕了，我的鞋子。」優瑪看著自己的鞋子被游過來的翹尾巴小水怪圍繞著，你一口我一口的咬著。她蹲在霧橋上，試圖找機會搶回自己的鞋。當所有的小水怪都圍繞在優瑪的鞋邊湊熱鬧時，一隻小水怪游了過來，對著優瑪猛眨眼。優瑪注意到牠時，小水怪從大嘴裡吐出一封巴掌大的信封。優瑪接過信，信封上寫著：

請轉交給藤蔓，請你保守這個祕密，拜託你了。

霧兒

小水怪尖聲叫著：「拜託！拜託！」

「我一定會把信交給藤蔓並且保密的。」優瑪對小水怪說。

小水怪成功的完成了任務，愉快的沉入湖底。

優瑪將信塞進口袋裡，心裡冒出一連串的問號：「為什麼藤蔓不可以和霧兒在一起？迷霧堡主為何說這是不可能的？難道他不知道藤蔓是部落裡最優秀的獵人嗎？」

優瑪一跛一跛的走向湖岸。

「我今天的運氣真差。」優瑪抬起光溜溜的右腳讓大家瞧。

「你這樣怎麼回家呀？」多米擔憂的說。

「怎麼樣，迷霧城堡裡長什麼樣子？」瓦歷急切的問。

「回到部落再談好了。」吉奧仰頭看看天空：「天快黑了，我們必須快點離開這裡。」

「是啊！天快黑了，我們先走吧！」優瑪表示贊同，她擔憂的看了一眼光裸的右腳。

吉奧發現了，他毫不猶豫的脫下自己右腳的鞋，放到優瑪腳跟前：「男生的腳底厚不怕磨，這只鞋給你穿。」

優瑪感激的看著吉奧，但是又不忍心吉奧赤腳穿越森林而受傷。

「沒關係，你穿著，我打赤腳在森林裡跑來跑去，完全沒問題。」吉奧安慰優瑪。

吉奧心滿意足的看著優瑪穿上自己的鞋，雖然大了些，但足以保護優瑪的右腳了。

胖酷伊看見吉奧的表現，心裡很不是滋味，懊惱自己剛剛就應該跳下湖裡，游過去從翹尾巴小水怪的嘴裡將優瑪的鞋子搶回來。但是他失去了最好的表現機會，現在就剩下這個機會了。胖酷伊走向優瑪，從她手上接過那塊木頭說：「我幫你拿。」

「這塊木頭很特別，是迷霧堡主送我的禮物。」優瑪慎重的交代。

優瑪不時回頭看著少了一只鞋的吉奧。吉奧發現優瑪關懷的眼神，表現得特別勇敢，他敏捷的跨出右腳，一步一步的走著，彷彿他的右腳穿著一只隱形的鞋子。事實上他的腳可疼死了！隱藏在枯葉底下尖銳的小石子刺痛他的腳底，但是他強忍著，盡量不皺一下眉頭。他一點也不後悔為優瑪犧牲，只要優瑪平安，他就心滿意足了。

「咦，瓦歷，你爸爸人呢？我剛才明明見到他的呀！」優瑪問。

瓦歷一臉不好意思的說：「他沒臉見你，先走了。」

優瑪等人剛剛爬上斜坡，就看見帕克里和藤蔓坐在山徑旁，帕克里抽著菸斗，藤蔓身體靠在樹幹上，眼神從樹叢的縫隙裡望著迷霧幻想湖。看見帕克里和藤蔓父子，他們覺得很驚訝。

「你們怎麼也來了？」吉奧問。

「我們去巡視三天前放置的陷阱，走累了在這裡歇會兒。」藤蔓說。

吉奧打量了一下他們的裝備，發現獵物袋裡連一隻野兔也沒有。他心裡起疑，像帕克里和藤蔓這樣優秀的獵人，怎麼可能進入森林卻空手而回呢？

吉奧正想開口問他們是否是因為不放心而跟在後面，想偷偷保護他們？帕克里開口打斷了吉奧的問話：「優瑪頭目，到迷霧幻想湖的事情進行得順利嗎？」

「嗯，已經把岩石山就要崩塌的消息告訴他們了。」優瑪說。

「他們要搬離迷霧幻想湖嗎？」藤蔓急切的問。

「這點他們沒有明確的說，只說他們知道了，看起來並沒有很擔心。」優瑪注視著藤蔓，右手伸入口袋摸著霧兒的信，覺得現在還不是把信拿給藤蔓的時候，就等大家都不在的時候吧！

藤蔓的眼裡盡是擔憂，不斷的朝迷霧幻想湖的方向張望。

「吉奧，你的鞋子呢？」帕克里發現赤著右腳的吉奧。

「優瑪過霧橋的時候，被翹尾巴小水怪咬住，優瑪為了甩開小水怪，連鞋子也甩進湖裡了。」多米搶著替吉奧回答。「吉奧就把鞋子讓給優瑪穿。」

「是啊！就是這樣。」吉奧臉紅紅的點點頭說。

「這樣打赤腳是不行的，從這裡回到部落還很遠，你的腳會受傷。」帕克里轉身查看附近環境。「我得幫你做雙鞋才行。」

帕克里長老砍下幾條粗細不一的蔓藤，量了吉奧的腳長，手法敏捷的編起鞋子。才用了五分鐘就編妥一雙鞋，鞋面鋪了幾張掉落的竹葉，讓穿的人不會覺得刺腳。

「讓你平安回到家應該沒問題。」帕克里滿意的把鞋放在吉奧腳前。吉奧彎身穿上，大小適中，滿意極了。

優瑪等人先行離開後不到五分鐘，帕克里和藤蔓也啟程了。

「我們走這麼快，很快就要追上他們了。」藤蔓說。

「那我們就慢慢走吧！」帕克里也放慢腳步，欣賞著山徑兩旁的植物。

「優瑪進入迷霧城堡有快三個鐘頭那麼久，怎麼就不願意多說城堡裡的事呢？」藤蔓說。

「她是頭目，除非必要，她不需要跟每一個人解釋事情發生的經過，她成功完成了這件事才是最重要的。」帕克里用渾厚的嗓音說著：「你最近是怎麼了？你媽要你修屋頂的事，到現在都沒做，萬一下雨，她的廚房就要漏水了。」

「噢，我忘了，明天天亮就去修。」

藤蔓輕輕的吐出一口氣，但是無助於舒緩他胸口的鬱悶。他盯著自己的腳，一路走一路想著，霧兒發生什麼事了？這麼多天不給他任何的訊息，這不是要他急死嗎？

兩個月前，藤蔓站在迷霧幻想湖邊，將愛慕的信繫在箭上射向迷霧城堡，當霧橋為他放下的那一瞬間，就註定他得為愛情受盡折磨。雖然，離開迷霧幻想湖的時候，他是被那個鬍子老是冒煙的怪老頭像扔一塊石頭那樣，直接扔到湖邊。

他沒有忘記臭脾氣的迷霧堡主氣急敗壞大吼大叫的模樣：「滾出我的湖！所有湖中生物是不會和醜陋的人類通婚的！」

但是，他不會放棄的，霧兒也不會。

蛇從陶壺上逃走了

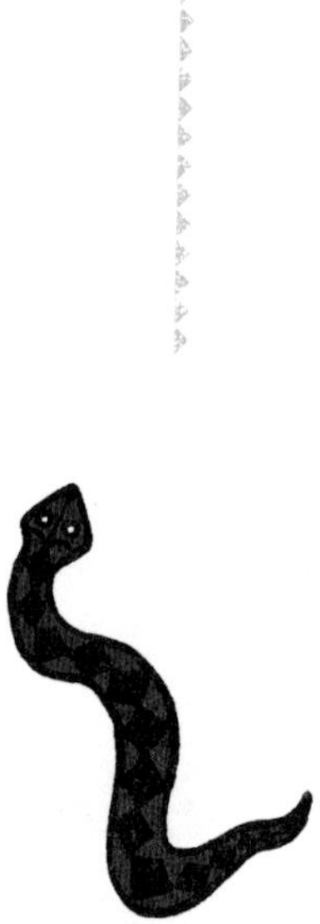

優瑪和胖酷伊一早就去巡視岩石山，今天輪到夏雨和大樹看守。

「岩石這幾天很安分。」大樹看著岩石說：「裂縫沒有再擴大。」

「優瑪頭目，我們剛剛才在討論，這兩天的蟬鳴特別響亮。你聽聽。」夏雨弓起手掌當成喇叭放在耳後聽著。

「有嗎？」優瑪安靜下來傾聽，這才聽到蟬的叫聲的確非常響亮。

「以前從來沒有這種情形，太詭異了，好像整個卡嘟里山的蟬都跑到卡嘟里部落來鬼吼鬼叫似的。」夏雨說。

「為什麼今年的蟬特別多？」優瑪問。

「這附近有幾棵楓香，蟬喜歡楓香的樹汁，但是數量多到這麼離譜，很怪，蟬能瞬間飛得很快，但是飛不遠，從山腳下飛到這麼高的山上不太可能……」夏雨喃喃自語般的分析著。

「雖然岩石滾落路線上的住家已經都先住到親戚家了，還是不能掉以輕心，萬一滾落的時候剛好有人路過，來不及逃走就會很糟糕。」優瑪說。大樹拿出銅鑼敲了兩下，說：「我們會把鑼敲得連對面山頭的猴子都聽得見。」

優瑪放心的離開岩石山。

「奇怪，之前我怎麼沒聽見蟬在叫？」胖酷伊抓著耳朵說。

「有時候會這樣，我們聽我們想聽的，當我們專注在某一件事的時候，也會自動忽略其他聲音。你整天擔心自己會溺水，我整天想著誰撕走頭目日記，所以我們都聽不見蟬的叫聲。」優瑪比手畫腳的分析著。

優瑪和胖酷伊才踏進庭院，就看見以前奶奶從屋裡慌慌張張、跌跌撞撞的跑出來，她衝向優瑪，結結巴巴又口齒不清的說著：「不見……不見了，蛇……不見……」

「什麼東西不見了？姨婆，你說清楚！」

「那個、那個……都不見了……」以前奶奶受到很大的驚嚇。

「什麼東西不見了，你帶我去看好了。」優瑪拉著以前奶奶的手進屋。

以前奶奶帶著優瑪進入二樓文物收藏室，邊走邊喊著：「真是太可怕了，都不見了！」

優瑪打開文物收藏室的門，以前奶奶用顫抖的手指著陶壺說：「陶壺上的蛇不見了！」

優瑪走近其中一只陶壺，伸手撫摸壺身，觸電般嚇得趕緊將手抽回來，一股恐懼感從腳底竄上腦門。陶壺上那兩條浮雕的百步蛇不見了！

也就是說，蛇從陶壺上逃走了！

優瑪再看看其他的陶壺。所有陶壺上的蛇都不見了！

優瑪彎下身子，將眼睛貼近陶壺，嘴巴張得大大的，小心翼翼的捧起陶壺仔細查看，發現陶壺上留下了兩道明顯的水漬。

「這是什麼？」優瑪問。

「這是眼淚，蛇是哭著離開的。這下子陶壺真的變成『逃壺』了。」胖酷伊說。

「別胡說！蛇為什麼要哭？」優瑪說。

「住這麼久，要離開當然會難過呀！這是傷心的眼淚。」胖酷伊說。

「這件事情嚴重了。」優瑪簡直嚇呆了！

夜，很深很深了。

一大片雲遮去了月光，山裡縹渺的霧氣籠罩著整個部落，貓頭鷹咕咕咕的叫著，彷彿正向山林發送氣候已悄悄轉變的訊息，夏天就快要結束了。

優瑪一整晚的睡眠都很淺很薄，薄得像一只易碎的玻璃花瓶，得小心翼翼的維護，只要有如蝴蝶拍翅般的聲響，就會讓它受到驚嚇而碎裂一地。窗外，一滴露水從樹葉上滑下，滴落到地面的聲音把優瑪給驚醒了。

優瑪下床，揉了揉眼睛，她環視屋內，覺得掛在牆上那套傳統服裝怪怪的，她揉了揉眼睛再看一次，這才發現服裝上的蛇不見了！優瑪拉開抽屜，拿出一疊圖畫，圖畫裡的蛇也不見了。

「這是怎麼回事？所有的蛇都不見了？糟了！」

優瑪匆匆跑出房間。坐在客廳的胖酷伊，也立即跟了出去。

庭院的燈光「啪」的一聲亮起，優瑪目光在屋外轉了一圈，所有器物上的蛇都不見了！沙書優木雕作品上的蛇不見了，空蕩蕩的只留下太陽以及十二道光芒的圖案。

天濛濛亮，早起的小鳥停在卡嘟里的村牌上，牌子上的四條蛇不見了！一個挑著番薯經過的族人覺得不對勁，又走回去看看標示牌，發現牌子上的蛇不見了，他撓撓頭，一臉倉皇的奔跑著離開。

傳統服飾專賣店的老闆嘎德，打著呵欠打開厚重的木門，早晨的光線透進店裡，嘎德打呵欠的嘴嚇得大大的張著，怎麼今天店裡的東西看起來這麼怪呢？他看著店內物品撓著腦袋愣了幾秒鐘。哎呀！他大叫起來，衣服上的珠繡、圖畫、木雕、石雕、門簷上、所有相關藝術品上的蛇，統統不見了！連勇士身上的服裝上，屬於蛇的紋路也消失了！嘎德連忙跑出屋外，店門兩旁那兩只高約兩百公分的立體木雕上的蛇也不見了！

優瑪提著酒和供品來到屋後的祭屋。這是她當上代理頭目之後，第一次來到祭屋。和祖靈交談，一直以來都是沙書優的事。但是，父親不見了，她得親自和祖靈談談了。

祭屋裡有一塊約兩尺高的大石板，雕刻著一個雙手彎曲上舉至肩頭的祖靈半身像，祖靈像頭頂上方原本有兩條蛇，現在蛇逃走了，留下兩道淺淺的凹痕。祖靈像前擺著一張丈青色頁岩石雕鑿而成的石板供桌，桌上擺著一瓶米酒和三個酒杯。

優瑪將三塊小米糕和五顆蘋果以及一塊醃山豬肉擺放妥當，在酒杯裡斟滿了酒，舉起酒杯，用食指沾酒彈向天地，然後對祖靈說：

「親愛的祖先哪！你們一定知道沙書優到卡嘟里山區打獵不見了，現在由我先代理頭目，直到沙書優回來。這是卡嘟里部落不能違抗的傳統，不管我喜不喜歡，我已經是頭目了。現在部落裡又有東西不見了，蛇，所有的蛇都不見了！這讓大家感到不安。敬愛的祖先哪！我只是一個小孩子，請你們給我智慧和勇氣，幫助我把蛇找回來。」

石板上的祖靈像神情專注的看著優瑪，不置可否。

溪水衝撞著岩石，為寧靜的森林帶來熱鬧喧騰的氣氛。

優瑪、吉奧、多米和瓦歷，還有胖酷伊，坐在卡里溪岸邊的岩石上，臉上掛著沉重的表情。胖酷伊則望著溪水，猶豫著要不要走到溪裡練習一下游泳。

「這一連串事件到底有沒有關聯呢？」吉奧說：「老頭目失蹤、岩石山崩裂、神祕的迷霧幻想湖、蟬叫得特別響亮、所有的蛇都逃走了……這之間到底有沒有什麼關聯？」

「還有，有人潛入頭目書房撕走重要的頭目日記。」優瑪補充著。

「我感覺好像有什麼恐怖的事情就要發生了！」瓦歷說。

「你不要亂說，會有什麼可怕的事情啊！」多米說：「把蛇找回來就好啦！」

「怎麼找？你知道牠們跑去哪裡嗎？」瓦歷說。

「要找到蛇，必須先了解牠們為什麼要逃走，這樣比較容易推測出蛇到底跑去哪裡。」吉奧分析著。

「我真的快要受不了了，剛剛解決了一件事，又來一件更大的事。」優瑪沮喪的將頭埋進兩膝之間。

「優瑪，這不是你一個人的事，是我們大家的事，我們都是副頭目哇！你忘記啦！」多米表情認真的說。

「是啊！我們都是副頭目，現在我們就去把蛇給揪出來，先揍牠們一頓，然後讓牠們乖乖的待在木頭上。」瓦歷站起來語氣堅決的說。

「到底怎麼了？為什麼會這樣呢？」優瑪抬起頭來，喃喃自語著。

「蛇為什麼不高興呢？」吉奧也喃喃自語：「一定要先找出一些線索才能行動。」

「牠們可能是想念沙書優老頭目，才集體出走分頭去尋找。」瓦歷說。

「那其他地方的蛇也出走了該怎麼說？連真正的蛇也全不見了，這又怎麼說？」吉奧問。

「很簡單哪！這就是團結合作，有一條蛇領袖，一聲令下，群蛇就出動了。」瓦歷比手畫腳的說。

「也許是有人拐走了這些蛇！」吉奧推測道。

「什麼人要拐走那些蛇？有什麼用呢？」瓦歷問。

「唉喲！毫無頭緒！」優瑪又亂抓起自己的頭髮來。

「我們乾脆到森林裡到處逛逛，看看可否遇見檜木精靈，然後跟他許願，讓卡嘟里部落發生的所有事情都水落石出並得到解決，而且也讓岩石山的裂縫密合，這樣是不是簡單多了？」瓦歷為自己想到這麼棒的方式而沾沾自喜。

「有人一輩子在卡嘟里山區活動，不要說檜木精靈了，就連專搞惡作劇的扁柏精靈也沒碰過呢！」優瑪說：「何況，把部落這麼重大的事情交給不確定可不可靠的檜木精靈處理，這是不負責任的做法。」

「是啊！」吉奧也同意。

「這樣不行，那樣也不行，那我沒辦法了。」瓦歷聳起肩膀，坐回岩石上。

一陣強風吹來，溪旁的樹葉一陣搖晃，刷啦啦的飄落許多枯葉，一部分被風捲走，一部分掉落溪床，更多部分掉入溪水裡，開始一段隨波逐流的漫長旅程。

巴那和雅羅從小徑切入溪谷，在石頭上一路跳躍來到優瑪面前。

「這全都是你的錯！你必須把我們的蛇還給我們。」巴那一副興師問罪的樣子。

胖酷伊立刻往前走了幾步，站在優瑪身邊。

「不關你的事。」雅羅一邊指著胖酷伊的鼻子，一邊防備著說。

「你只要讓出頭目，蛇就會回來了。」巴那說：「你當上頭目根本就是一個錯誤。」

優瑪站起來，表情嚴肅又認真的說：「好，我現在就把頭目位置交給你，巴那，你現在是頭目了。」

「是啊！巴那頭目，優瑪現在已經不是頭目，如果蛇今天沒有回來，就是你的責任了。」多米也站起來準備離開。

「我的意思才不是這樣！」巴那叫了起來。

「那你是什麼意思呢？」瓦歷仰起下巴忿忿的問。

「帕克里才應該當頭目，我爺爺說的。」巴那說。

「哼，原來是幫你爺爺傳話。」多米不屑的說。

「你爺爺還說什麼？」優瑪問。

「他說不應該讓一個還流著鼻涕的小孩子當頭目。」巴那說。

「我早就不流鼻涕啦！你看，我現在有流鼻涕嗎？我的副頭目們有流鼻涕嗎？」優瑪生氣了。

「他們什麼時候變成副頭目的？」雅羅驚訝的問。

「我們當副頭目很久了。」瓦歷得意的將下巴仰得更高。

優瑪率先離開溪谷，其他人也陸陸續續跟著離開，留下巴那和雅羅和一堆複雜的情緒，包括嫉妒、生氣，還有一些他們也說不上來的東西。

9

女巫師的占卜小屋

優瑪醒來的時候，看了一眼鬧鐘，四點五分。她翻了個身發現自己沒有睡意了，於是起身下床，走到頭目書房，拿起一本空白的日記本，拉開椅子坐下，翻到第一頁，沉思了一會兒，才寫下她的第一篇頭目日記：

我要寫日記了。

就從今天開始。今天是一個值得紀念的日子，因為我和胖酷伊以及副頭目們去了一趟迷霧幻想湖。是的，我以頭目的職權任命吉奧、瓦歷和多米為副頭目。以前沒有副頭目，並不表示現在不可以有。

為什麼要去拜訪迷霧幻想湖，得從崩裂的岩石山開始說起。岩石山裂出一道長長的裂縫，如果來一場地震，或是一百隻熊同時經過，岩石山就有可能斷裂崩塌，崩裂的岩石會一路滾過森林和部落，最後掉進迷霧幻想湖。本著敦親睦鄰的善意，我打算進入迷霧城堡告訴他們這件可怕的事，希望他們做好應變措施。

因此，我到頭目書房翻閱日記，想知道祖先們誰去過迷霧幻想湖，讓我知道我可以怎麼做。結果，在關鍵處被人撕走了曾祖父烏帕克的日記，日記上記錄著烏帕克老頭目進入迷霧城堡的經過。這件事還在調查中。

原本計畫讓胖酷伊游泳過去，將求見的信交給迷霧城堡的堡主，但是胖酷伊被水嗆到，無法完成任務。在無計可施的情況下，我只好大吼大叫要求見面，沒想到他們聽見了，放下霧橋，迎接我過去。

這字寫起來怎麼這麼累呀！優瑪甩甩痠麻的手。

迷霧城堡的堡主說，迷霧城堡是另一個世界，他無法說出這個空間有多大，總之絕對不是我們眼睛看到的迷霧幻想湖這麼小而已。我們以為城堡裡是什麼樣子，它就是什麼樣子；我們想像它是一個富麗堂皇的宮殿，那它就是一個富麗堂皇的宮殿；想像它是一個獵人在山上隨意搭建的小工寮，那它就是一個獵人的小工寮；想像它是一個和卡嘟里部落一模一樣的地方，那它就是卡嘟里部落的翻版。但是，堡主勸我們最好不要這樣想像，否則會和真正的卡嘟里部落混淆而回不了家。

迷霧堡主還提到所謂的邪惡力量可以侵入另一個想像空間，我不明白這句話是什麼意思。總之，他覺得沙書優並不是一個邪惡的人，所以不可能藏匿在迷霧世界裡。

優瑪甩甩手，將日記翻開到另一頁空白頁，繼續埋首寫著。

蛇居然從所有的文物上逃走了！怎麼會發生這麼奇怪的事？所有的蛇都活過來而且都逃走了！希望牠們只是一時覺得好奇好玩，溜出去玩耍，也許明天就回來了。

寫累了，優瑪離開書桌，走到窗邊推開窗戶，天已經微微亮了。以前奶奶就著淡淡的曙光在庭院晾衣服，她起得還真早哇！胖酷伊又坐在矮牆上用雕刻刀修著自己的粗手臂。

「你這個笨蛋，再怎麼修都沒有用的！你鑿掉一片木片，就又在原處長回來，何必多此一舉呢！」優瑪大聲的叫著，然後把日記擺在寫著優瑪頭目的書架上，走出房間下樓去了。

優瑪剛剛離開書房，一陣陰森的怪風從窗戶颳進來，一個若隱若現、黑黑壯壯的影子潛入書房，站在書架前翻閱優瑪的日記。這個黑影停留了一分多鐘後，又一陣風似的消失在窗口。

用過早餐後，優瑪、胖酷伊、吉奧、多米和瓦歷一起步行到女巫師掐拉蘇的家，掐拉蘇要施法查出到底是誰帶走了卡嘟里部落以及山區裡的蛇。

巫師掐拉蘇、部落長老，還有數十位族人圍繞在掐拉蘇的占卜小屋前。掐拉蘇在屋前布置了一個祭壇，上頭擺著豬骨、小米和小米酒等供品，正等著優瑪到來，才能施行葫蘆占卜儀式。

占卜小屋前的兩側柱子上，原來都雕刻著百步蛇的圖像，現在蛇逃走了，留下一道蛇曾經待過的淡淡痕跡，還有一隻看起來有點孤單的山羌站在柱子上。

優瑪等人來到後，掐拉蘇的占卜就開始了。

掐拉蘇坐在小凳子上，祭盤擺在她的左邊，祭盤上擺著樹葉、豬骨、豬皮、鐵片、小刀，還有盛裝以上東西的巫術箱，右手邊則擺著一個葫蘆，掐拉蘇從工具箱中取出一顆神珠（要成為巫師，得經過巫神授意降下神珠。神珠乃是一種樹果），擺在祭盤中央，拿起葫蘆，兩腿併攏，將葫蘆放在膝蓋上，細頸口朝身體，圓壺底朝外，左手扶著葫蘆使它不會滾動。

掐拉蘇開始以右手按住神珠，沿著葫蘆繞圈子般的緩緩滾動，口中不斷的唸著：「是不是有人在部落裡施行巫術？是不是有人違反禁忌闖進鬼靈的禁地？是不是有得不到安定的惡靈帶走了蛇……」掐拉蘇唸到這裡，手上的神珠黏在葫蘆上停止滾動。

「有惡靈入侵，很凶很凶的惡靈，他們誘騙了陶壺上的蛇。」掐拉蘇臉色凝重說。

「知不知道蛇現在在哪裡？」帕克里問。

掐拉蘇搖搖頭：「我不知道那是什麼地方，只感覺到是個很黑暗、有很多霧的地方。」

「他們帶走蛇的目的是什麼？」帕克里又問。

掐拉蘇再度以右手按住神珠沿著葫蘆繞圈子，嘴裡喃喃自語著。

「他們非常非常的不滿，覺得讓一個十一歲的孩子當卡嘟里部落的頭目，是愚蠢的行為。」掐拉蘇的話剛剛說完，現場一片譁然！每個人心裡都被狠狠的撞痛了！

原來是天神憤怒了，所以劈裂了岩石山，準備讓崩裂的大岩石滾過部落！

原來就是這樣，卡嘟里族的重要精神圖騰百步蛇，才會在一夜之間全都逃走！

原來就是這樣，卡嘟里部落才會接二連三的出現怪事！

所有的族人都看著優瑪小頭目，看她如何為自己做出決定！

優瑪杵在原地，用無助、驚懼又委屈的眼神掃過每個族人的臉。胖酷伊、吉奧、瓦歷和多米急著想幫優瑪說兩句話，卻又不知如何在這群大人面前開口。

「大家靜一靜，請聽我說。」帕克里提高音量，渾厚高亢的嗓音蓋過所有雜音，議論的聲音漸漸消失。

帕克里用充滿力量與肯定的語調，一字一句清清楚楚的說著：「大家想想，我們完全依照卡嘟里族的傳統行事，四百年來都是這樣的。沙書優頭目失蹤已經快一年了，而優瑪是沙書優唯一的孩子，她也是這個貴族家族裡，第一個看見太陽的孩子，她繼承頭目完全是傳統賦予她的權力。這些日子來優瑪頭目的確很努力，大家都看見了不是嗎？」

「掐拉蘇占卜的結果，你又怎麼說？」

「掐拉蘇是我們大家敬重的巫師，她占卜的結果不容忽視，但是我們必須冷靜下來，不可以受到惡靈的脅迫。這肯定是有誰想利用這個東西來攪亂部落的和諧。」

「但是，這個時候，還是請帕克里代理比較好吧！」

「是啊！我們並不反對優瑪當頭目，只是等她長大之後再把頭目位置交還給她，這樣也不違背傳統嘛！」

「大家聽我說，先聽我說……」帕克里試圖對族人解釋。

優瑪很感激帕克里挺身而出幫她說話，但是她真的傷心極了！都是因為她，讓部落遭遇這麼大的災難！她默默的轉身，離開人群。胖酷伊、吉奧、瓦歷和多米也跟在優瑪身後離開占卜小屋。

「優瑪，帕克里長老都說了，完全不違背傳統，我們都支持你。」吉奧說。

「是啊！他們都沒見到你這陣子有多麼努力嗎？」多米說。

「我覺得這個可惡惡靈的目的，就是要把優瑪趕走，不讓她做頭目。」瓦歷說。

「既然大家都反對我當頭目，那我不當頭目就是啦！」優瑪故作輕鬆的說。「我剛好樂得清閒，每天都可以雕刻，那多快樂。」

「這牽涉到尊嚴的問題，優瑪按照傳統規定不得不接下頭目的工作，她這麼努力想要維護卡嘟里部落的和平，現在卻因為來了個搗蛋的惡靈要優瑪讓出頭目，否則就讓部落完蛋，竟然有這樣的事！這牽涉的是卡嘟里部落尊嚴的問題。」吉奧義正辭嚴的發表意見：「我們怎麼可以任由這個惡靈擺布？」

「是啊！卡嘟里族人又不是膽小鬼。」瓦歷也忿忿的說。

「是啊！卡嘟里族人又不是膽小鬼。」多米重複了瓦歷的話：「優瑪，你千萬不可以因為這樣就讓出頭目位置。」

「我不想當頭目很久了，這樣最好了，我終於可以回去雕刻了，我多麼想念我的雕刻刀哇！」優瑪說：「我這輩子從來沒有像此刻這麼輕鬆愉快，胖酷伊，走吧！我們回去雕刻了，迷霧堡主不是送我一塊神奇的木頭嗎？」

優瑪不理會其他人，逕自往家的方向走去。胖酷伊呆愣了兩秒，無奈的看了大家一眼，隨即跟在優瑪身後頭也不回的走了。

「胖酷伊，我從來沒有像現在這麼強烈的想要雕刻。」優瑪說完這句話，加快了腳步，然後小跑步起來，最後竟然變成一路狂奔，胖酷伊在後頭追著。

「想雕刻也不用這樣瘋狂吧！」胖酷伊大喊。

優瑪衝進雕刻室，隨手抱起一塊膝蓋般高的木頭來到座位前，做了幾次深呼吸後，雙手合十，嘴裡喃喃的說：「嗨，木頭，很高興我們在這裡相遇，同時我也要感謝你，離開土地、森林、風還有雨水來到我們家，謝謝你讓我完成雕刻的心願，我一定會認真的把你雕刻成一件漂亮的作品。謝謝你，親愛的木頭。」優瑪拿起木炭在木頭上描繪出圖案，然後用手斧砍出圖的大樣。

胖酷伊環視著工作室，發現許多角落已經被蜘蛛占領了，未完成的木雕上凸出來未成形的鼻子和下巴之間也掛著一張蜘蛛網。有些木頭甚至開始被蛀蟲侵蝕了。胖酷伊不禁嘆息道：「你真的好久好久沒有進來這個工作室了。」

優瑪埋首在雕刻裡，沒有理會胖酷伊。

胖酷伊無聊的待在一旁踢著地上的木屑，一隻蟑螂匆匆爬過他的腳邊，他抬起腳來給蟑螂致命的一擊。

「算你今天倒楣，我是你最大的天敵。」胖酷伊隨口說著：「優瑪，你可以雕一隻熊鷹，牠是蛇的天敵，然後命令牠出去找蛇。」

優瑪揮動手斧的動作忽然停了下來，她的眼睛骨碌碌的轉了兩轉後，放出了希望的閃光。

「是啊！我怎麼沒有想到，我應該早點想到的呀！」優瑪快樂的叫了起來。她放下正在雕刻的木頭，拿起另一塊木頭，用手測量比畫著作品的寬度和長度後，鑿下了第一刀。

「胖酷伊，我需要你的幫忙。」優瑪轉頭對胖酷伊說。

「幫忙？好哇！沒問題，我生來就是要為你服務的，優瑪頭目。」胖酷伊站起來，擺出紳士的模樣，準備接受命令。

「你去請吉奧、多米和瓦歷到家裡來一趟。」

「什麼事啊？」

「你請他們來就對了，他們是我的副頭目呢！」

「好，立刻去辦。」胖酷伊抓起他的長矛，一溜煙的衝出雕刻工作室。

旺盛的鬥志立刻像地底湧泉般湧上優瑪的心頭，她手法俐落的雕刻著一條肥胖的百步蛇。

優瑪情緒亢奮的雕刻著，不僅僅因為她正在做她熱愛的雕刻，另一方面也是因為她想到了一個找蛇的好方法。

胖酷伊帶著吉奧、瓦歷和多米衝進優瑪的雕刻工作室，他們看見和剛剛截然不同的優瑪，剛剛那個就像被雨水淋溼的山羊，現在則又變成雄糾糾氣昂昂、充滿戰鬥力的鬥雞。不管是什麼原因改變了優瑪，他們真的愛死了眼前這位活力十足的優瑪小頭目。

說。

「來，見見我們的『小兵出征』。」優瑪一臉得意，指著剛剛完成的木雕圓形的立體木雕上，纏繞著一條胖嘟嘟的百步蛇，牠精靈的雙眼在大家不留心的剎那，迅速的眨動了兩下。

10 惡靈的陷阱

很深很深的夜裡，卡嘟里部落裡亮著零星的燈光，顯得祥和寧靜。一隻狗瘋狂的吠叫聲，引來兩隻、三隻……更多隻狗吠叫起來。深夜的寧靜被這波嘈雜的狗吠聲攪得支離破碎。

二樓文物收藏室的窗戶敞開著，小兵出征木雕被擺在窗台上。

屋外的矮樹叢突然窸窸窣窣的搖晃了幾下，傳出一陣細細的交談聲。

「這些狗見鬼啦！叫成那樣。」瓦歷壓低聲音說。

「拜託，三更半夜不要說那個字啦！」多米緊張兮兮的說，聲音還微微的顫抖。

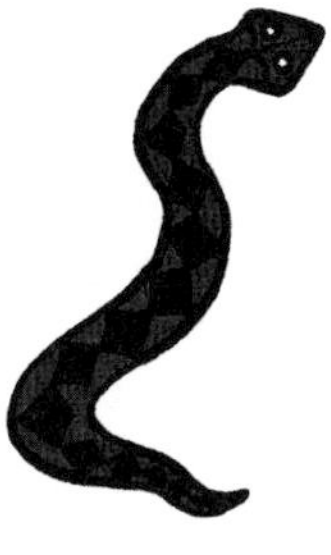

「噓，噓！不要這麼大聲說話，要不然會前功盡棄的。」優瑪說。

「這樣真的有用嗎？」吉奧說。

「總要試試才知道哇！」優瑪說。

狗吠聲終於停止了，幾個人的呼吸聲在寧靜的夜裡突然清晰起來。他們不再交談，把目光緊緊的鎖在文物收藏室那扇故意敞開的窗戶上。

十二聲鐘響過後，一陣詭異的冷風吹來，木雕輕微的搖晃，小兵出征那顆三角形的頭顱晃動了兩下後，胖胖長長的身軀緩緩的滑下木雕，蛇頭鑽出窗外時，躲藏在樹叢裡的幾個人緊張到幾乎忘了呼吸。小兵出征沿著牆壁爬到地面，五個人立刻離開樹叢跟了上去。

為了能順利追蹤到小兵出征，優瑪在牠的身上塗了螢光劑，小兵出征在黑夜裡閃著綠光，就算在幾百公尺遠的地方也能察覺到牠的行蹤。小兵出征穿過後院，直接往樹林爬去。他們狼狽的穿梭在樹枝藤蔓交錯的樹林裡，不時被垂下的樹枝撞到臉、打到頭、勾破衣衫，還有蟲子掉在臉上。他們默默忍受這一切。遠處山羌和貓頭鷹的叫聲此起彼落，不知什麼鳥從樹枝上突然撲翅飛起，嚇了他們一大跳。

吉奧手上手電筒的光線變弱了，他甩甩手電筒，光線閃了幾下又恢復亮度。

多米壓低聲音說話：「天哪！這條蛇要帶我們去哪裡呀？森林裡的夜晚真的有點恐怖耶！」

「別擔心，我會保護你們。」胖酷伊說。

「你保護我們？打敗一頭山豬還可以，如果來一隻大黑熊，看你怎麼保護我們？」瓦歷取笑胖酷伊。

「我……我、我還是會盡全力保護你們，我把黑熊當山豬打。」胖酷伊覺得委屈。

手電筒的光線完全暗了下來。

「這下糟了，摸黑前進，踩到大黑熊的背都不知道。」吉奧說。

多米緊緊的拉著優瑪的手臂走著。

「沒關係啦！今天月光挺亮的。」優瑪說。

圓圓的月亮高高的掛在天上，月光從樹葉的縫隙中灑下，勉強可以照見行走的路線。蛇繼續爬行，月光照出五人在森林穿梭的影子，他們或走或彎腰或爬行，艱難的在林間行走。小兵出征緩緩的爬上樹，他們仰頭看著牠。

「天哪！我們也要爬嗎？」多米又叫了起來。

螢光蛇在樹上耍寶，牠將身體捲成圓圈，在橫著的樹幹上驚險的滾來滾去，接著又將尾巴捲在樹枝上，將頭盪來晃去。

小兵出征繼續玩了一會兒，覺得玩膩了，才爬下樹幹繼續前行。小兵出征來到一處山溝，俐落的爬過橫在山溝上的一根樹幹。

五個人在山溝這端停住了。優瑪臉色蒼白的看著樹幹。

「算了，我們回去吧！為了找那些貪玩的蛇而掉到山溝裡，一點也不值得。」優瑪說。

「我們走了兩個多小時，又累又渴，現在回去不是前功盡棄嗎？」吉奧說罷，伸展雙手平衡身體，雙腳一前一後，搖搖晃晃的走過山溝。

瓦歷俐落的在木橋上彈跳幾下便通過木橋。

接著，胖酷伊用手上的長矛撐竿跳，一下就跳過去。

「優瑪，你試試。」胖酷伊叫道。

「像我這樣，十二步，我數過了，十二步就過來了。」瓦歷說。

優瑪咬著下嘴唇，僵直著身體動也不動。

「看起來不太難，換我試試看。」多米說。

多米也伸平雙手，兩隻腳一前一後的走過山溝。她對優瑪說：「優瑪，這根木頭很安全，很穩的，不要害怕，試試看。」

吉奧找來一根樹枝，將另一端遞給優瑪：「來，你抓著樹枝，如果有危險，我會拉住你。」

優瑪並沒有伸手握住吉奧遞過來的樹枝，而是將整個身體趴在木頭上準備爬過去。爬著爬著，到了中間的時候，優瑪的重量讓自己在圓木上轉了半個圈，她的背部正對著幾十公尺深的山溝。

「完了，我要掉下去了！」優瑪害怕得直喊救命。

吉奧和瓦歷試著要把木頭轉回來，但是優瑪實在太重了。

優瑪仰著頭將求救的眼神拋給吉奧和多米的時候，看見小兵出征就在距離十來步遠的地方看著他們。

小兵出征在等他們嗎？優瑪的心一鬆懈，險些鬆開了手。優瑪的鬥志被小兵出征給激出來了，她絕對不能掉下去！優瑪就這麼倒著身體，小心翼翼的手腳並用，一吋一吋的將身體往前挪移，終於通過了木橋。優瑪才剛剛站起來，小兵出征立即轉身往前爬行。

「快，還好小兵出征沒有走遠，快快跟上。」瓦歷說。

「牠不是沒有走遠，牠是在等我們。」優瑪肯定的說。

「我們被牠發現了嗎？」多米驚訝的說。

「這蛇有點怪……這件事情有點不對勁……」吉奧說。

「我也覺得，但是我們還是先跟上去再說。」優瑪說。

五個人又跟了一段路後，小兵出征停在前方一塊空地上不走了。月光照亮了那塊空地，地上的土是鬆的，看起來像是有人拔光了地上的樹所清理出來的一塊空地。

「牠怎麼不走了呢？」優瑪喃喃自語著。

「是啊！牠怎麼不走了？」吉奧說。

樹林裡突然掀起一陣怪風，把林子裡的樹葉捲得漫天飄飛。一個巨大的黑影矗立在五個人眼前。大黑影在月光下漸漸顯露出一隻大黑熊的樣貌。

幾個人嚇得同時倒退了幾步，他們從來沒有這麼近距離的面對大黑熊。

胖酷伊擋在眾人面前胡亂的揮動手上的長矛。

「哈哈，乖乖蛇，你真聽話，果真把這幾個笨蛋帶來了。」渾厚又低沉的聲音在黑夜裡聽起來令人不寒而慄！

五個人同時轉身往後逃，優瑪和多米的雙腳卻被埋藏在樹葉底下的繩索套住，瞬間被高高吊起，在兩層樓高的樹上晃盪著。多米的尖叫聲響徹林間，在寧靜的深夜裡聽來讓人毛骨悚然。優瑪則緊緊的閉著雙眼，她一秒鐘也不敢睜開眼。

「你到底、到底……是誰？為、為什麼……要這樣做？」瓦歷又緊張又害怕的問。

「我就是掐拉蘇口中的那個惡靈。」大黑熊惡靈的語調緩慢卻清晰。

「你想幹什麼？快放她們下來。」吉奧叫著。

「她們是我的餌。如果想讓她們活命，就帶我的孩子來換。」

「你的孩子？」優瑪張開眼睛往下望，感到一陣暈眩，強忍住那股作噁的感覺，優瑪看仔細了，確定就是一頭大黑熊，牠胸前白色的V字花紋沾滿了一大片血跡。

「我們根本逃不了，看來死定了。」多米哭著說。

「你、你受了重傷……我可以找獸醫醫治你……」優瑪說。

「別白費力氣了，我已經死了。有兩個獵人賞了我兩顆子彈，奪走了我的靈魂，還抓走了我的兩隻小熊。」

「所以你就抓走我們的蛇做為報復？」吉奧問。

「優瑪小頭目，我沒有抓走牠們，牠們是因為在木頭上、陶壺上、石板上、衣服上待膩了。誰喜歡一輩子都黏在同一個東西上？牠們這幾天終於品嘗到自由的滋味。你們說是不是啊？都出來吧！小朋友們，你們的優瑪來看你們了。」

月光照不到的幽暗樹林裡，爬出幾百條的木雕、石雕、珠繡蛇，牠們眼神空洞的看著優瑪。

「怎麼這樣傻愣愣的？跳舞給他們看哪！把你們獲得自由的快樂展現出來。」大黑熊惡靈不耐煩的下命令。

所有的蛇開始跳舞，將身體捲成各種形狀滾動，有的蛇則和自己月光下的影子追逐起來。五個人看傻了眼。連傻瓜都看得出來，這些蛇跳舞的動作僵硬得就像是上了發條的機械蛇。

優瑪震驚極了：「你讓牠們跳舞牠們就跳舞，你控制了牠們！你對牠們做了什麼？」

「我今天真是開了眼界了。」瓦歷望著跳舞的蛇吃驚的說。

「你早知道優瑪會離刻這條蛇，然後跟蹤牠來到這裡？」吉奧問。

「所有的事都在我的掌控中。」大黑熊惡靈說。

「為什麼要引我們到這裡來呢？」優瑪問。

「你為什麼到這裡來？你來找你的蛇，而我，是來要回我的孩子。」

「我們根本不知道你的孩子發生什麼事。」吉奧生氣的說。

大黑熊惡靈暴躁的對群蛇下命令：「好了，你們這群醜陋的爬蟲類，跳夠了，下去。」

群蛇聽到大黑熊下令，立即快速的竄向黑暗的森林裡。其中有三條蛇，在進入黑暗的林中時，捲成ＳＯＳ的求救形狀。

「你們如果想帶回這些蛇還有這兩個小姑娘，就將我的熊寶寶還給我，還有把槍殺我的那兩個獵人帶來交換。」大黑熊惡靈冷冷的說。

「這件事根本不是卡嘟里部落的人幹的，你找錯人了……」優瑪試圖解釋。

「我給你們一天的時間。如果你們做不到，那麼以後卡嘟里部落再也沒有頭目了。沙書優失蹤那麼久了，看來是凶多吉少，如果連優瑪小頭目也在這個世界上消失，卡嘟里部落傳奇的達卡倫家族將從此走入歷史。」

「求求你先把我們放下來，我保證不逃走。」多米頭昏腦脹，她覺得下一秒鐘就要死掉了。

「不要以為我的報復行動只有這樣。卡嘟里，是蛇的意思，卡嘟里部落是蛇的故鄉是吧！不會是了，從今以後你們畫一條蛇我就擒一條，你們刻十條我就逮十條。你們不會再有蛇了。你們後代子孫會以為卡嘟里部落和蛇根本就扯不上任何關係，時間久了，卡嘟里族人會以為陶壺上從來也沒有出現過蛇的圖形。」

「我們還有文字，我們可以用文字記錄歷史。」優瑪說。

「文字？文字所能表現的有限！沒有圖像輔助，文字又能發揮多大的力量？」大黑熊惡靈用嘲笑的語調說著。

「你用這樣激烈的報復手法，對卡嘟里部落一點也不公平。」優瑪說。「卡嘟里族人從來不獵熊。」

「我既然已經死了也就算了，但是，我希望我的孩子能踏實的生活在山林裡。為了達到這個目的，所有的事情我都不在乎。」大黑熊惡靈環視著這片牠眷戀過的森林，眼神有點不捨。但是，想到自己慘死，讓兩隻小熊變成孤兒，隨即變成出另一張邪惡憤怒的臉。

「如果你們連陶壺上有沒有蛇這樣的事都不在乎，而讓我的孩子發生任何不幸，我一定會讓你們嘗到更壞的惡果。」

「你的目的是要換回你的熊寶寶，你放她們下來，用我來代替，讓優瑪去幫你找熊寶寶。」吉奧請求著。

「你以為你是誰呀！小子。有小頭目在我手上，我不怕你們不拚命去找回我的孩子。」

「吉奧，你們快點回部落去，請帕克里查清楚到底是誰槍殺了熊，還抓走了小熊。我已經受不了啦！」多米哭叫著，頭下腳上，血液往腦門流，讓她的頭脹得發疼。

「明天天黑之前，如果沒有把我的小熊帶過來，這兩個小姑娘就會永遠消失在卡嘟里山。」

「你們撐著點，我們很快就回來。」吉奧說罷便和瓦歷往來時的路衝去。他們在月光下一路跌跌撞撞的奔跑，一秒鐘也不敢耽擱。

胖酷伊趁機閃進黑乎乎的樹影裡，卻被大黑熊惡靈一把揪出來，扔到地上。

「你這塊胖木頭，別想作怪，給我滾！」大黑熊惡靈忿忿的說。

胖酷伊爬起身，俐落的將三枝長矛一起射向大黑熊惡靈，長矛快速的直直從大黑熊惡靈的胸膛穿過去，消失在漆黑的樹林裡。胖酷伊這下才在大黑熊惡靈採取攻擊行動之前趕緊逃離現場。

「我會想辦法救你的，優瑪。」胖酷伊留下這句話後，也消失在黑夜裡。

11 有驚無險

優瑪和多米倒吊在半空中，晃來晃去。

「母愛真的會叫人發狂！」多米努力的用腰力挺起頭部，舒緩發脹的腦袋。

「大黑熊真可憐，好端端的生活在森林裡，卻被獵人射殺了。」優瑪說。

「這個惡靈完全搞不清楚狀況，牠胸口的子彈是那些山腳下的獵人射出去的。」多米咒罵著。

「就算不是為了換回木雕蛇，就為那隻可憐的大黑熊媽媽，我們一定要幫牠找回熊寶寶。」優瑪說。

「熊寶寶如果不是被賣掉就是被獵人祕密養著，等長大了再殺掉。這很難找耶！」多米說：「噢，天哪，我就要死了。」

優瑪和多米的腳被麻繩圈住垂吊在樹上，距離地面有七公尺高。

大黑熊惡靈手上握著兩根繩子，不發一語的看著山路。優瑪想起幾個星期前在卡里溪谷時，天上那兩隻雲變幻出來的小熊在哭泣，原來那不是卡里溪溪水濺起來的水花，是小熊的淚水，是大黑熊惡靈給她的訊息。

「快放我下來，我有懼高症，我頭暈，我要吐了。」優瑪哀求著。

「優瑪小頭目，很抱歉我必須這樣對你。」

「你準備一整天都把我們倒吊在樹上嗎？」優瑪問：「這樣就達不到你的目的了，因為我們沒多久就會因為腦部充血而死掉。」

「你這麼有本事，帶走卡嘟里山區所有的蛇，還怕我們逃走嗎？」多米痛苦的說。

大黑熊惡靈看著優瑪和多米，遲疑了幾秒鐘後，開始緩緩的放鬆繩子，將兩人降到地面。

「你們只要敢亂來，我可以立刻把你們吊回樹上。」大黑熊惡靈說。

「你在卡嘟里山區生活了這麼久，怎麼會不知道卡嘟里族人是不獵熊的呢？」優瑪說。

「是啊！那兩個獵人根本不是卡嘟里部落的人。他們是外族人。」多米說。

「我無法確定他們是不是卡嘟里部落的人。他們戴著帽子，帽簷壓得低低的。事情是發生在卡嘟里山區，你們就得負責。」大黑熊惡靈冷冷的說。

「雖然我們管理這片森林，但是山林沒有柵欄，外族人可以從四面八方進入卡嘟里森林，我們無法阻擋每一個人。」優瑪試著說服大黑熊惡靈。「一天的時間真的不夠，你給我們一星期的時間，我保證幫你找到失蹤的小熊，還有讓那兩個獵人受到法律的制裁。不然三天，三天也可以。」優瑪哀求著。

「我再也無法相信人類這種狡詐的動物。」大黑熊惡靈冷漠的說。

「冤有頭債有主，你應該自己去把那兩個可惡的獵人揪出來，而不是找我們這些無辜的人當替死鬼。」多米抱怨著。

「大自然之中存在著一種定律，像四季更替那樣自然運作，但是這個定律被人類破壞了，大自然失去了自然演替的秩序，所以，熊在山林裡的生活愈來愈艱難了。縱然如此，我還是希望我的孩子能生活在山林裡，享受山林的自由。」大黑熊惡靈說。

「我們卡嘟里部落的人上山打獵，不會為了獵殺而獵殺，我們只因為需要而取走一點點，森林是我們的家，誰會去毀壞自己的家呢？而且我們根本不獵熊。」優瑪再一次強調，希望大黑熊惡靈能夠聽進去。

「如果人能丟掉現代科技的槍和弓箭，然後和同樣沒有武器的大黑熊徒手搏鬥，贏了就帶走黑熊，輸了就戰死森林。這樣一來，就算我戰死了，靈魂也不會變成惡靈回到部落。為什麼你們不敢放下手上的槍，徒手跟我們搏擊呢？用槍的獵人，不能算是真正的勇士。」大黑熊惡靈說。

優瑪和多米都愣住了！不知該怎麼回應這番論點。按照大黑熊惡靈的理論，整個卡嘟里部落只有胖酷伊可以徒手擒山豬、抓飛鼠，十個最強壯的獵人也敵不過一隻熊啊！

一陣狂風颯颯的吹著，經過樹林時發出尖銳的嘶吼聲。

優瑪和多米疲倦極了，靠著樹幹不知不覺的睡著。

醒來的時候天已經亮了。她們的腳跟前放了一串成熟的香蕉。大黑熊惡靈淡淡、透明的身影佇立在另一棵樹下。

「為什麼人類要抓熊呢？」大黑熊惡靈冷冷的問。

「因為傳說……傳說熊掌很好吃，傳說而已……」多米結結巴巴的回答。

「你們沒有別的東西吃嗎？」大黑熊惡靈不解的問。

優瑪和多米沉默不語，因為，她們也不明白毛茸茸的熊掌有什麼好吃的。

「我的孩子……」大黑熊惡靈停頓了一下：「我的兩個孩子的手掌也會被剁下來嗎？」

優瑪覺得心好痛。她從小就失去母親，雖然她擁有愛她的以前奶奶，但是，她多麼希望能和媽媽在一起呀！這兩隻小熊不僅失去了媽媽，現在還生死未卜。

「牠們還小，有可能被關在籠子裡，被抽走膽汁治病……」多米支支吾吾的說。

大黑熊惡靈悲痛的垂下頭來，接著憤怒的發出一陣怒吼咆哮，撼動大樹搖落一地樹葉，嚇得優瑪和多米不禁害怕得顫抖起來。

「你們怎麼可以這樣對待小熊？怎麼可以？」大黑熊惡靈啜泣起來。

「你放心啦！小熊最有可能被送去城市的動物園。」優瑪趕緊補充說明，希望澆熄大黑熊惡靈的憤怒。

「動物園？那是什麼地方？」

「那裡有很多動物，被關在籠子裡讓人觀賞。」優瑪說：「動物園這地方，我也是聽山腳下的登山客說的。我們族人沒有人去過。」

「讓人觀賞？這有什麼好觀賞的？」

兩人又沉默了。是啊！這有什麼好看的？

「城市裡的人沒有看過熊。」優瑪說。

「至少在動物園裡，牠們會很安全，而且可以活得很久。」多米說。

「牠們從此失去自由了，」大黑熊惡靈的聲音聽起來像哭的聲音：「只有人類才希望活得很久。生命的意義是過程，而不是存在多久。我希望我的小熊能自由自在的在森林裡奔跑，就算一天兩天也好。」

看著大黑熊惡靈憂傷的臉，優瑪想親自出馬幫牠找回兩隻小熊，但是此刻她什麼也做不到。想到小熊可能一輩子都要待在籠子裡，優瑪就紅了眼眶！

優瑪和多米沒有吃香蕉，她們什麼也吃不下。

太陽從東邊慢慢的移到她們的頭頂，再慢慢的走向西邊。

「再過一個小時，天就要黑了。」

大黑熊惡靈再度把優瑪和多米倒吊在樹上，並握緊手上的繩子。

「我的小熊也許已經凶多吉少了。」黑熊惡靈傷心的垂下頭，又隨即仰起頭來：「我已經迫不及待的要把整個部落弄得天翻地覆，我也想看看人類哭泣的臉。這就是我的報復。哈哈哈！」

優瑪和多米垂吊在半空中，沮喪的交談著。

「優瑪，我們就要死了，是不是？」多米哽咽的說。

「一天內找出凶手還有小熊，根本就是不可能的事。」優瑪憂傷的說：「你會不會怪我？因為我才讓你遭遇到這樣倒楣的事？」

「這怎麼可以怪你呢！你居然忘記了，我是你的副頭目耶！我們說好要分擔所有困難的事。」

「謝謝你，多米。」

兩人眼眶泛紅的相視而笑。

天明顯的暗了下來。

帕克里領著族人還有兩個制服警察，架著兩個獵人匆匆趕來。大黑熊惡靈張望了一陣，沒看見小熊，臉色瞬間變得陰沉。

「你們完全漠視我的要求，我要你們得到最殘酷的報復！」大黑熊惡靈憤怒的吼著。

當帕克里等人到達時，大黑熊惡靈正好放開手上的繩索，帕克里和其他族人眼睜睜的看著優瑪和多米迅速往下墜落！

千鈞一髮之際，幾百條藏在樹叢裡的蛇驚慌的竄出來。所有的蛇在瞬間全跳了起來，充滿秩序的相互咬著彼此的尾巴，編織成一張大網，適時網住了墜下的優瑪和多米。兩人平安降落後，群蛇立即一溜煙的竄進樹叢裡。

大黑熊惡靈走進陰暗的樹叢前，突然回頭，用冷漠又充滿仇恨的雙眼怒瞪著樹下聚集的人群，然後消失不見。

帕克里走向優瑪，萬分抱歉的說：「很抱歉，我們來晚了，讓你們受到驚嚇了。事情發生得太突然，由於那兩個獵人不是卡嘟里部落的人，所以，這件事必須借助國家警察的力量，他們很快就逮到這兩個獵人。」

「小熊呢？」優瑪焦急的問。

「小熊已經被送走，不知道送到哪裡去了。」帕克里臉色沉重的說：「一天的時間怎麼可能找出小熊！」

「大黑熊惡靈不會放過我們的。」多米擔憂的說。

日落西山了，族人們神情疲憊的走在山徑上，每個人心裡都忐忑不安，大黑熊惡靈的陰影就像剛剛降臨的黑夜一般，籠罩在每個人心上。

幾乎一整晚沒有闔眼的族人，聚在優瑪家的會議室討論兩隻小熊可能的去向。

根據獵人在警察局錄下的口供，他們把死去的母熊賣給山產店，把小熊賣給一個叫肥仔的人，警察循線找到肥仔時，小熊已經轉賣給另一個不知姓名的男子。線索在這裡中斷了。

族人們紛紛揣測小熊可能的去向：

這麼小的熊，應該還不至於被殺來吃掉吧！

有可能已經被送到某個私人動物園，或者馬戲團。

卡嘟里部落的人不獵熊的，大黑熊惡靈找錯對象了！

但是，牠們是在卡嘟里森林被槍殺以及被抓走的，我們都有一部分責任。

岩石山的裂縫是不是也是大黑熊惡靈的報復手法？如果是就太可惡了！我們卡嘟里人並沒有傷害任何一頭熊啊！

大黑熊惡靈的報復行動在我們找到小熊之前是不會停止的，因為牠不可能跑到平地，只能逼迫我們幫牠的忙。

大家一定要小心，岩石山得繼續派人輪流看守！

還有，要多注意進出卡嘟里森林的陌生人，我們不容許其他獵人進入卡嘟里山區獵熊！

族人們離開後，優瑪和胖酷伊坐在屋簷下看著滿天的星斗。

「胖酷伊，沙書優會不會去了天上的某個星球？」

「很有可能。也許他遇見扁柏精靈，許錯願望。」

「我好想念他喔！」

「我也是。」

「我也想念我的媽媽，雖然我沒有見過她。我出生沒多久她就死了。」

「沒關係的，優瑪，我也沒有媽媽。」

優瑪驚訝的轉頭望著胖酷伊：「誰說你沒有媽媽？你是我創作出來的，所以我就是你的媽媽。」

優瑪摟住胖酷伊的肩膀，兩人依偎著繼續看星星。

「希望失去媽媽的兩隻小熊也能平平安安，然後順順利利的回到森林。」胖酷伊說。

「嗯，我相信牠們會的。」優瑪說。

12 出讓頭目

優瑪悄悄的走進文物收藏室，彷彿擔心驚嚇到屋子裡的什麼人。文物收藏室裡一片靜寂，月光從窗外透進來，靠窗的幾個木雕清晰可辨。優瑪打開燈，室內一片明亮，她像往常一樣逐一摸著每一個雕刻品，並呼喚牠們的名字。

「嗨，大胖、彎彎、曲曲、大歪、二歪、帥帥蛇、阿瘦、大直、大妞，大山豬、小山羌，你們今天好嗎？」

優瑪看著小兵出征，停頓了幾秒鐘。「小兵出征，你別難過，我知道你被大黑熊惡靈控制了，別把這件事放在心上。」

接著，優瑪加重語氣說：「謝謝你們救了我。但是，你們也太不夠意思了。」優瑪假裝生氣：「我這麼愛你們，你們居然說都不說一聲就離家出走！」

文物收藏室依然一片靜默。

「這陣子我忙得焦頭爛額，很久沒有上來跟你們說話，但是你們不能因為這樣就生我的氣呀！我以為我們是朋友呢！」

帥帥蛇著急的眨著眼睛，尾巴焦慮的轉著圈子，神情看來彷彿想對優瑪說：「是啊！是啊！我們是朋友哇！一直都是。」

「我知道，這也許不是你們的本意，是因為你們受到大黑熊惡靈的控制。但是如果你們意志堅定，是絕對不會輕易受到控制的。」

小兵出征眨了兩下眼睛。右彎彎和左曲曲交換眼神後，又各自將頭轉開。

「歡迎你們回家，沒有你們的日子，我真的不知道該怎麼過！很高興你們都平安回家。希望你們不會再離家出走，有什麼事可以直接跟我說，我會盡最大的力量幫你們解決的。」

「就這樣。晚安了。」優瑪緩慢的走到門口，右手握住把手，忽然又轉過身來說：「真的，很高興你們回家了。」

優瑪離開文物收藏室後，原來靜寂的室內立即掀起一陣騷動。

「都是你，自私的只為自己著想，從來沒有想到你如果離開了，優瑪會有多傷心！你看，你把那女孩的心傷得多重！」左曲曲對著右彎彎破口大罵。

「我帶頭離開？我當時也只是想離開你這條大臭蟲！你有乖乖的守護在這裡嗎？大黑熊惡靈一召喚，你還不是急匆匆的跟了過去。」右彎彎反擊道。

「我急匆匆的跟過去？因為受到咒語的控制，我根本就身不由己，我著急得都哭了！」左曲曲委屈的說著。

群蛇開始七嘴八舌的議論起來。

「是啊！我們都受到惡咒的控制。」

「世界上沒有什麼地方比家更舒服，我以後再也不會離家出走了。」

「在一個地方待了幾百年，你不想到外面看看嗎？每天只有午夜十二點可以跳舞，你不想每一天的每一秒鐘都可以快樂跳舞嗎？」

「但是，因為我們的自私，差一點毀了卡嘟里部落！」

「事情到現在還沒有解決。」

「優瑪小頭目會有辦法的。」

「她會有什麼辦法，她才十一歲呀！只愛雕刻，數學都不會數。」

「解決困難靠的不是數學，而是智慧。」

「我一直迷迷糊糊的不知道自己做了什麼，一直到看見優瑪從樹上墜下，我才清醒過來！」

「是啊！那是意志力，想救優瑪的意志力，讓我們破解大黑熊惡靈的魔咒。」

「我再也不想離開這裡了，世界上沒有任何地方比家更溫暖。」

是啊！這裡簡直就是天堂！這是所有蛇的心聲。

優瑪獨自待在頭目書房裡，翻閱父親沙書優寫的頭目日記。

胖酷伊坐在一旁也拿了一本日記，表情認真的研究著，雖然，他一個字也看不懂。

兩棵卡里卡里樹開花了，整個部落瀰漫著清甜的香氣，這氣味讓每一個人都感覺到幸福！卡里卡里樹開花期間，幾乎是頭目放假的日子，部落裡不會有任何麻煩事發生，就算小衝突也不曾有過。這就是神奇的卡里卡里樹的祕密。能擁有這兩棵樹，真是卡嘟里部落的福氣呀！

優瑪用右手撐住額頭，心裡悲傷的吶喊：「父親哪！崩裂的岩石即將壓扁一棵會散發幸福氣味、珍貴的卡里卡里樹！還有，憤怒的大黑熊惡靈正躲在暗處，伺機行動，我到底該怎麼做呢？」

優瑪不忍再讀，換了另一本頭目日記讀著。

優瑪，我的女兒，卡嘟里部落頭目未來的繼承人，在今天祭典時跳舞，她的表現真是差勁透了。優瑪站在中間的位置，步伐老是出錯，該抬右腳的時候，她偏偏抬起左腳，該後退一步的時候，她偏偏往前，她的頭飾在頭上搖搖晃晃，蓋住她一半的臉，幾乎就要掉下來了，她的頭飾花環看上去是所有女孩中最糟、最醜的。不一會兒，優瑪混亂的舞步拖著大家摔成一團。

除了雕刻，她對任何事總是這樣漫不經心，將來，她也許會成為一個傑出的雕刻藝術家，但是她也可能會是卡嘟里部落四百年來最差勁的頭目。

優瑪闔起日記本，撫摸著太陽的圖騰，她多麼不想讓父親失望啊！從以前到現在，她最討厭編頭飾花環了，不管她怎麼編，花環總是歪七扭八，不過她一點也不介意戴著全部落最醜的頭飾花環跳舞。但是，無論如何都不可以成為卡嘟里部落四百年來最差勁的頭目！優瑪把沙書優的頭目日記放回書架上，拿起自己的日記本，埋首寫起日記。

在卡嘟里森林，任何事都可能發生。

昨天，如果不是那些從木雕上逃出去的蛇編成的一張大網，我和多米就會摔死在卡嘟里森林，卡嘟里部落差一點就永遠失去頭目了！

我覺得好疲倦、好傷心，我的快樂不見了！以前，每一天起床，我都快樂得不得了，可以雕刻，可以到森林裡玩耍，到溪邊撿木頭。但是自從父親沙書優失蹤之後，我每一天都過得好辛苦，不能雕刻，讓我對生活完全提不起勁兒。還有岩石山的裂縫，以及小熊的媽媽被獵殺，小熊被綁架，小熊媽媽變成可怕的惡靈回到部落展開報復。這一切事情看起來都這麼可怕而且難以處理。

父親哪！我一點也不希罕繼承頭目，我也不想成為傑出的藝術家，那我想做什麼呢？我不知道，我只想做我自己想做的、做起來會很快樂的事，那就是雕刻。

我可以把頭目讓給帕克里嗎？他懂得很多，一定可以勝任頭目的職位。

優瑪收起日記本，做了一個深呼吸之後，覺得舒服多了，早知道就早點把頭目讓給帕克里，就不用吃那麼多苦頭了。

隔天一早，吃過早餐，優瑪對坐在庭院木頭堆上的胖酷伊說：「胖酷伊，我們找帕克里去。我決定要把頭目讓給帕克里了。」

「別傻了，頭目是你想讓就讓得了的嗎？」胖酷伊試著勸優瑪改變主意。

「你很煩耶！誰說不能讓？」優瑪不耐煩起來，她不喜歡剛剛想出來的完美計畫被破壞。

「頭目的職位就跟親子血緣的關係一樣，比如說，阿通不喜歡瓦歷，他就可以把瓦歷送給別人當兒子嗎？」

「那有什麼不可以？只要他們同意就行。」

「你根本就是想逃走，跟那些蛇一樣逃走。」

「這不一樣，那些蛇並不是出於自願離開的，而是被大黑熊惡靈控制了。我只是讓出頭目，並沒有逃走，我還是住在卡嘟里部落。」

「還說沒有逃走？你分明就是想從頭目的職位上不負責任的逃走！」

「我沒有不負責任，我只是把它讓給更有才幹的人。」優瑪吼了起來。

「你才不是，現在卡嘟里部落遇到這麼艱鉅的難題，你就想一走了之，把爛攤子丟給別人！」

「我沒有！」優瑪大吼大叫起來。看見優瑪生氣，胖酷伊不再說話。

以前奶奶從廚房走出來，看見優瑪氣呼呼的樣子，走過去安慰她：「你就去找帕克里，如果他願意，你就把頭目讓給他吧！」

「你看，姨婆都同意我這麼做。」優瑪燃起無限的希望，快步走出庭院。

胖酷伊給了以前奶奶一個很無奈的苦笑後，將雕刻刀放進隨身的背袋裡，拿起斜放在牆邊的長矛跟在優瑪身後走出庭院。

以前奶奶看著優瑪和胖酷伊的背影，喃喃自語著：「我說的是如果，如果帕克里願意，你就把頭目讓給他。我可沒說帕克里一定會同意。以前的人哪！是絕對不會做出出讓頭目或者隨便接受頭目職位這樣愚蠢的傻事的。」

優瑪經過多米家，多米坐在屋簷下學織布。

「你要去哪裡？」多米大聲問。多米的媽媽坐在旁邊剝玉米粒，她用嚴厲的目光告訴多米，學會織布之前哪裡也不准去。

「我要去帕克里家，把頭目讓給他。」優瑪說完又匆匆趕路。

「啊！什麼？出讓頭目？」多米一臉疑惑。

「頭目是可以說讓就讓的嗎？哼！」多米的媽媽冷冷的說了一句。

優瑪經過瓦歷家，瓦歷坐在花圃旁，欣賞剛剛冒出來的種子新芽。

「優瑪，你快來看，從松鼠洞裡拿到的種子，神奇得很，居然長出紅色的嫩芽。」

「回頭再看你的紅色嫩芽，我現在有急事要辦。」優瑪拋下這句話，繼續匆忙趕路。

「你這麼急要去哪兒啊？」瓦歷在她身後喊著。

「我要去帕克里家，把頭目讓給他。」

瓦歷撓著腦袋，什麼？把頭目讓給帕克里？可以嗎？

胖酷伊對紅色的嫩芽倒是充滿興趣，他蹲下來看了一眼，只看見嫩芽上頭長滿細細的尖刺。他又匆忙起身追趕遠去的優瑪。

優瑪和胖酷伊在狹窄的山徑遇見迎面而來的巴那和雅羅。優瑪和他們擦身而過的時候，冷冷的扔下一句話：「我現在要去帕克里家，把頭目讓給他，你們高興了吧！」

巴那和雅羅杵在原地，傻傻的望著優瑪的背影。雅羅用手肘碰碰巴那的手肘，失望的說：「這樣我們就當不成副頭目了。」

優瑪經過吉奧家的芋頭田，吉奧正和父親在田裡拔草。吉奧抬頭擦汗，遠遠的看見優瑪走來，他站起來大聲喊著：「優瑪，你要去哪裡？」

「我要去帕克里家，把頭目讓給他。」

「出讓頭目？我陪你去。」吉奧才走了兩步，就被父親拉住。

「芋頭田的草再不拔就長到天上去了，你還想去哪裡？」吉奧的父親生氣的說。

「優瑪有事，我要去幫她的忙。我是副頭目耶！」

「你什麼時候變成副頭目的？」吉奧的父親瞪著大眼睛問。

「我當副頭目很久了。」吉奧望著優瑪的背影說著。

優瑪來到帕克里家門口，藤蔓正削著竹箭，他的腳邊堆著一小堆已經削好了的尖銳竹箭，一枝箭可以射下一隻山羌、野鹿和其他什麼動物。

「帕克里在家嗎？」優瑪問。藤蔓往屋裡望去，帕克里正巧走出來。

「優瑪頭目。」帕克里招呼著優瑪。

「帕克里，從現在開始，你就是頭目了。」

帕克里一頭霧水，愣愣的望著優瑪。

「我現在命令你當頭目，所以你現在是頭目了。」優瑪加重語氣，以便凸顯這句話的權威性。這回帕克里聽懂了，他黝黑的臉上露出笑容，上揚的嘴角把他臉上的皺紋往後推出一道道的弧形線條。

「優瑪頭目，頭目是不可以轉讓的。」帕克里認真的說：「頭目的傳承依襲的是頭目家族優良的血統，這是卡嘟里部落對達卡倫家族最大的敬意，任何不是這個家族的人，都沒有資格擔任頭目這麼重要的職位。」

「但是，我還只是個孩子！」優瑪委屈極了。

「優瑪頭目，有我和許多部落長老都在幫助你適應與學習怎麼當一個頭目哇！」

「我不想做卡嘟里部落有史以來最差勁的頭目。」優瑪的眼眶紅了。

「你不會的。」藤蔓拍著優瑪的肩膀一臉認真的說：「你不要擔心，警察已經抓到帶走小熊的販子，現在就等他供出小熊的去處，我們就可以把小熊送回森林還給大黑熊媽媽了。只是，這個販子有點狡猾，他以為只要警察找不到小熊就定不了他的罪！你再等一些時候，就快要破案了。」

聽到賣熊的販子已經逮到，優瑪忐忑不安的心才稍稍放鬆下來。

「快回去吧！」帕克里笑著對優瑪揮揮手：「別再說出出讓頭目這樣的傻話了。」

優瑪愣在原地，對於這樣的結果顯得不知所措。她把手插進口袋裡，突然摸到一個東西，優瑪心頭一驚，哎呀！那是迷霧堡主的女兒霧兒姑娘要給藤蔓的信！她受人之託居然忘了這件事，真是太糟糕了！

「帕克里，你可以來一下嗎？」帕克里的妻子伊芬妮在屋裡叫喚著。

帕克里朝優瑪揮揮手：「回家去吧！別擔心，事情會有轉機的。」說完，便走進屋裡。

優瑪覺得時機剛剛好，她走到藤蔓面前，從口袋裡拿出霧兒委託的信遞給藤蔓，壓低聲音說：「這是給你的信，噓。」

藤蔓接過信，望了信封一眼，整個人立即從椅子上彈跳起來，他的眼裡只有這封信，連謝謝都忘了對優瑪說，拿著信情緒激動的往森林的方向跑去。

13 迷霧堡主的邀請

經歷被大黑熊惡靈威脅交出小熊的事件，至今已經過了兩個星期，小熊們至今仍然下落不明。雖然大黑熊惡靈沒有進一步的行動，但是優瑪的心就像被放置了不定時炸彈一般，沒有一刻平靜。

太陽剛剛跳出山頭，立即又躲藏在一朵剛剛飄來的雲裡，半遮半掩的從雲裡射出一道道淡金色的光束。

以前奶奶蹲在庭院曬著菜乾，看見優瑪下樓來，吃力的用雙手支著膝蓋，撐起身體站起來。她指著門簷對優瑪說：「剛剛有一枝箭射進來，你看看那是什麼東西。那枝箭在我耳朵邊『咻！』的一聲，嚇得我心臟差一點停

止。以前的人哪，不會這麼粗魯無禮的！差點連我的耳朵都射穿了。」

門簷上插著一枝箭，箭下有一張紙。優瑪將箭拔起，取下那張紙。紙上寫著：

優瑪小頭目，有事商議，請到迷霧城堡一聚。

「這是迷霧堡主的邀請信。」優瑪喃喃說著：「這回可能真的要跟我談談藤蔓的事了。但是，藤蔓的事應該跟帕克里談哪！帕克里是藤蔓的父親！」

「人家邀請的是你耶！」胖酷伊說。

「你還坐在那裡做什麼？快點叫其他三個副頭目過來，我們要去迷霧城堡。」優瑪對著胖酷伊大聲說話。

胖酷伊趕緊拿出幾根長矛，朝吉奧、瓦歷和多米家的方向各射出一枝。這是他們約定的方式，只要看見長矛就立即過來和優瑪會合。胖酷伊射長矛的技術出神入化，他彷彿有雙透視眼，能看到這三人的位置，然後將長矛不偏不倚的射到他們目光所及的地方。

優瑪、胖酷伊、吉奧、瓦歷和多米走在前往迷霧幻想湖的路上。

藤蔓一身入山打獵的裝扮，從樹林裡鑽出來。

「你們要去迷霧幻想湖嗎？」藤蔓問。

「是啊！迷霧堡主發出邀請函請優瑪去一趟。」多米說。

藤蔓驚訝極了：「真的嗎？他居然會發邀請函？不可能吧！」

優瑪看看藤蔓，覺得他的心事更重了，眼眶紅通通的，彷彿幾天沒闔眼睡覺了。

優瑪用肯定的語氣說：「是真的，他用箭把信送到我家。」

「我跟你們走一趟，順便保護你們，以防你們遇到大黑熊。」藤蔓說。

優瑪看穿藤蔓的用意，理解的笑一笑。

幾個人穿越部落，進入森林，走過芒草叢，進入檜木霧林。

「你們說，迷霧堡主有什麼重要的事要跟我商議呢？」優瑪問。

「也許小熊在他的迷霧城堡裡，他準備要把小熊交還給你。」多米說。

「這是不可能的，迷霧城堡不是那麼輕易就可以闖入的。」藤蔓用肯定的語氣說。他說這句話的時候，臉上的表情十分憂傷。

「優瑪，你猜迷霧城堡裡的人是不是癩蝦蟆變的？」多米隨口說說。

「不知道的事，不要這樣瞎猜瞎說一通，一點教養都沒有！」藤蔓的聲音聽來非常的生氣。

幾個人轉頭看著藤蔓，無法理解他為何這麼生氣。他們也同時感覺到，這幾個月的藤蔓和以前那個幽默又常常開懷大笑的藤蔓有很大的不同。以前的藤蔓常常帶他們到卡嘟里山區，教他們設置陷阱獵捕山豬，以及辨識動物的足跡；現在的藤蔓只會生氣。

一行人走出檜木霧林，下切到卡里溪下游溪谷。

「我們要不要休息一下？我肚子餓了。」瓦歷看起來筋疲力竭。

「好吧！就在這裡吃個午餐。」藤蔓解下背包，一屁股坐在山徑上。胖酷伊也打開背包，拿出芋頭、肉乾和水壺。

他們默默嚼著嘴裡的食物，五色鳥在不遠處的樹上「叩叩叩！」的叫著，一些小蜥蜴、小昆蟲和不知名的小生物在枯葉上爬動，發出窸窸窣窣的聲音。瓦歷手上拿著芋頭、嘴裡含著尚未嚼爛的肉乾，躺在扁平的大石頭上睡著了。

停留了一刻鐘後，藤蔓站起來，喊了一聲：「走囉，不要耽擱太久才好。」

大家懶洋洋的起身，午後暖暖的陽光讓人感到睏倦。吉奧踢著瓦歷的腳：「瓦歷，起來，起來要出發了。」瓦歷睡得太沉，完全沒有動靜。

多米走近瓦歷，彎下身子，對著瓦歷的耳朵大喊：「大黑熊來囉！」瓦歷的屁股彷彿裝了彈簧一般的彈起：「大黑熊，在哪裡？哪裡？」看見大家笑成一團，瓦歷才知道自己被捉弄了，他忿忿的瞪了多米一眼：「你給我留意一點，有機會我會讓你嚇破膽的。」

走了一段路後，多米沒來由的問了優瑪一句：「優瑪，如果沙書優永遠消失了，那麼以前奶奶就是你唯一的親人了。」

「你在胡說八道什麼？老頭目當然會回家！只是不確定什麼時候。」吉奧瞪了多米一眼，暗示她挑好話講。

「他會回家的，我知道。」優瑪喃喃說著，彷彿只是說給自己聽。「多米，你剛剛說錯了，我還有一個親人，胖酷伊也是我的親人，他是我的兄弟。」

胖酷伊和優瑪相視一笑，兩人手牽手走過溪谷。

一群人終於抵達迷霧幻想湖。湖邊一樣陰森寒冷，不同的是，湖面上一絲霧氣也沒有。

「沒有霧，真是詭異。」吉奧說。

「迷霧堡主說，不管是晴天還是陰天，有霧還是沒有霧，他們的城堡一直在那兒，幾百年來都沒有改變。」優瑪說：「只是，有霧的時候，他們才可以放下霧橋，招待客人什麼的。」

藤蔓用憂傷的眼望著湖面，眼裡盈滿了淚水！

「藤蔓，你怎麼了，你在哭嗎？」多米仰著頭直率的逼問藤蔓。

藤蔓抹掉兩眼的淚水：「誰哭啦！小蟲子飛進眼睛裡了。」

多米半信半疑的打量著藤蔓，她覺得藤蔓今天真是太奇怪了，先是莫名其妙的發脾氣，接著又莫名其妙的哭。

「現在該怎麼辦呢？」瓦歷說完打了一個大呵欠。

「我們在湖邊等，晚上氣溫下降後，就會有霧了。」藤蔓說。

距離天黑還有兩個鐘頭，等待時，大家百般無聊的在湖邊走來走去。

多米拿起小石頭，捉弄著不時躍出水面怪聲怪叫的翹尾巴小水怪。

藤蔓則若有所思的看著湖。那表情看來，彷彿湖中央站著一個什麼人，而藤蔓正和那個人用心語交談。優瑪走到藤蔓身旁。

「霧兒姑娘她怎麼了？」優瑪小聲的探問著。

「她被迷霧堡主關在城堡裡了。」藤蔓憂傷的說。

「迷霧堡主要我傳話給你，他要你放棄霧兒，他絕對不會把霧兒嫁給人類的。」優瑪說。

「優瑪頭目，這個世界上沒有不可能的事。」藤蔓堅決的說：「我是不會放棄的，我相信霧兒也不會放棄。」

翹尾巴小水怪不時躍出水面發出怪笑。

瓦歷望著湖裡的水怪，露出詭異的表情：「不知道湖裡這些翹尾巴水怪魚的味道如何？」

優瑪叫了起來：「你這個貪吃鬼，不准你打那些醜魚的主意，牠們是屬於迷霧城堡的。」

「長得那麼醜，肯定不好吃。」瓦歷自己下了結論。

「牠們可能有毒。」多米補充道。

幾條翹尾巴小水怪抗議般的跳起來怪叫幾聲又再沉入湖裡。

就在這時，湖面有變化了！

「你們看！」吉奧叫了起來。

濃霧從森林往湖中聚攏，湖中央慢慢的變化出一條盤旋著身體、眼神邪惡的巨蛇，巨蛇的眼睛凶惡的轉來轉去，白色的蛇信伸來吐去的。幾個人被眼前這個景象嚇傻了，他們愣愣的望著白色的巨蛇，嚇得彷彿被點了穴道一般無法移動。巨蛇轉來轉去的眼珠終於發現湖岸邊的這群人，牠露出邪惡的笑容，出其不意的將三角形的頭顱用比眨眼還快的速度竄到湖邊，張開大嘴彷彿要將優瑪等人吞下肚子！

「啊！」湖邊的幾個人全都嚇得尖叫起來！從巨蛇嘴裡湧出一陣狂風把他們的頭髮吹得豎直起來。

巨蛇看見這群人受到驚嚇的樣子，滿意的退回湖心，發出邪惡又低沉的笑聲。

「迷霧城堡從來不會變成這麼邪惡的東西！」藤蔓肯定的說。「迷霧堡主一家人一定被綁架了！」

「綁架？」優瑪簡直不敢相信，看起來與世無爭的一家人會被綁架！但是這隻可怕的巨蛇——

「你說迷霧堡主對你發出一張邀請函，如果那張邀請函是真的，你已經來到家門口了，主人怎麼沒半點反應，你不覺得有問題嗎？」藤蔓分析著：「有兩種可能，一是邀請函是假的，二是邀請函是真的，但迷霧堡主被綁架了。」

優瑪想起堡主解釋過，外在的象徵必須透過內在的情緒來引導變化，堡內的氣氛如果是和諧的，變幻出來的城堡外觀就是和諧的象徵物；如果現在這隻邪惡的巨蛇反射的是城堡內部的氣氛，那麼就表示城堡內部可能已經發生可怕的災變！優瑪無法理解，為什麼祥和寧靜的迷霧幻想湖，突然之間會變得如此猙獰可怖？

「誰會綁架對任何人都不構成危險的一家人呢？」瓦歷問。

是啊！到底誰會這麼做呢？

也許，這只是藤蔓的猜測罷了，並不是真的。

14 真假卡嘟里部落

入夜了，氣溫降低，霧愈來愈濃，湖中彷彿安置了一台無形的抽霧機，把所有的霧都吸往湖中。

一群人站在湖岸邊思索著下一步該怎麼做。

「我們也等太久了吧！天都黑了，晚上要在湖邊過夜了。」瓦歷看著漆黑的森林不安的說。

「請人家來，卻又不開大門，這也太奇怪了。」多米抱怨著。

「優瑪，你要不要再試試看，喊出你的要求，看看霧橋會不會放下來？」吉奧建議著。

「以這樣的情況看來，就算霧橋放下來，優瑪也可能有去無回。」藤蔓說。

「但是，如果不這樣冒險，要怎麼弄明白究竟是怎麼回事呢？」優瑪說。

「太冒險了，優瑪。」吉奧感到不安。

「如果我們都可以進去那就好了。」多米說。

「無論如何都不能讓優瑪一個人進去，如果在裡面遇到困難，誰也幫不了她。」吉奧懇切的說。

「我們去弄一艘船來，然後划過去。」瓦歷說。「這樣，翹尾巴小水怪就咬不到我們。」

「我們去哪裡弄一艘船來呀？白癡。」多米叫了起來。

「我們可以砍下一棵大樹，然後刨出一艘船來。」瓦歷說。

「你慢慢刨吧！刨到明年都刨不出一艘船來。」多米鄙夷的看著瓦歷，覺得他怎麼老是想出不切實際的點子。

湖中的巨蛇緩緩凝聚成一團濃霧，又緩緩散了開來，最後幻化成一艘小木船，在湖面上輕輕的隨著水流搖晃。

幾個人又看得目瞪口呆。他們心裡有一點明白什麼、卻又無法確定什麼。這樣的感覺就像是彷彿就要抓住飄浮在空中的氣球，才剛剛觸摸到，氣球又被風給颸遠了。

「醜陋的癩蝦蟆。」吉奧叫了一句。

湖面的霧緩緩變成一隻醜陋的癩蝦蟆。

幾個人的眼睛瞪得大大的望著那隻癩蝦蟆。

「松鼠的怪種子！」瓦歷大聲的喊著。

湖面的霧聚成一個球體，然後從球體表面伸出一根一根的尖刺。

「哇！真神奇！這麼大的種子。」瓦歷嘖嘖稱奇。

「迷霧。」藤蔓喊了一聲。

湖面出現一個美麗女子的臉孔，優瑪確信這個姑娘就是託她送信的霧兒。

「哇，好漂亮的女孩喔！是你的女朋友嗎？」多米著迷般的看著迷霧說：

「怎麼沒見過呀？她是個隔壁部落的女孩嗎？」

藤蔓沒有回答，深情的望著迷霧的臉。

「卡嘟里部落。」優瑪喊了一聲。

湖面的霧出現巨大且快速的變化，濃霧開始往外擴散，一直擴散到湖岸邊，接著，眼前出現卡嘟里部落入口處的那棵大榕樹，以及榕樹對面刻著「歡迎光臨卡嘟里部落」的巨石。緊接著，這些用霧的線條構成的圖案，逐漸有了顏色，大榕樹變綠了，掛在榕樹上的鞦韆輕輕搖擺著，刻著字的岩石也變成丈青色。眼前居然出現另一個卡嘟里部落！這一切真實到讓他們感到虛幻！

「原來是這樣啊！」藤蔓發出驚歎：「這湖的祕密就是想像。」

瓦歷伸手摸了摸刻了字的岩石，岩石立即化成霧然後消失。每一個人都好奇的朝著假的卡嘟里部落東張西望。

「這到底是怎麼回事？」瓦歷不解。

「有兩個卡嘟里部落。」優瑪說：「一個真的，一個假的。」

「也許兩個都是真的。」多米說。

「到底是誰在搞鬼？」藤蔓看起來有點憤怒。「這個人想把卡嘟里部落從真實變成虛幻，然後就可以霸占真正的卡嘟里部落。」

「是誰呢？」多米問。

說。

「一定是大黑熊惡靈。」優瑪說。「那封邀請函一定也是牠送來的。」

「我就知道牠不會這麼輕易的放過我們。」多米忿忿的說。

「這是一個千真萬確的幻想湖。你想像它是什麼，它就變成什麼。」藤蔓說。

「如果我們走進去，裡面也一定有一個迷霧幻想湖，當我們說『卡嘟里部落』，又會出現第三個卡嘟里部落，接著第四個、第五個……我們要怎麼搞清楚，到底哪一個卡嘟里部落才是真的呢？」多米說。

「然後我們會永遠走不出來。永遠困在幻想湖裡。」吉奧說：「我們不應該進去。」

「當然要進去。」藤蔓果決的說：「真相就在裡面。」

「可是，明明知道是陷阱還要進去，是不是太笨了？」多米說。

「這是一種冒險，也是置之死地而後生。」優瑪說。

「我知道，這叫不入虎穴，焉得虎子。」瓦歷得意的仰著下巴說。

「但是，我們會不會進得去出不來呀？」胖酷伊話才說完，其他人已經往部落裡走去了。

進入迷霧部落後，他們看見一模一樣的街道、房子、菜畦，唯一不一樣的就是，這個假部落除了他們幾個人之外，空蕩蕩的，沒見到其他人。他們經過瓦歷的家，庭院一角開滿了近乎透明的紫色圓球花，圓球漲破後便「啵！」的一聲開出一朵花，一片花海嗶嗶啵啵的奏出一首優美的樂曲。

瓦歷驚喜的衝向前：「我出門前都還沒開呢，怎麼可以趁我不在的時候偷開！」他伸手摸了其中一朵花，那朵花立即化成白煙消失！

「瓦歷，不要碰這裡的任何東西！」藤蔓提醒著。

「你們看那個人是誰？」多米指著不遠處走來的動物研究學者夏雨說。

「他怎麼會在這裡？」優瑪驚訝極了。

夏雨穿著一身卡其布服裝，背著綠色的背包，一臉驚喜的走到優瑪等人面前。

「見到你們真好！我找不到出口，在這裡繞了幾個小時了。」夏雨掏出手帕抹去額頭上的汗水。

「你怎麼會到這裡來？」

「昨天，我在森林裡追蹤一隻黃鼠狼的時候，遇見一個穿黑衣服的大個子傢伙，他說他發現有一隻白色的鳥在迷霧幻想湖上盤旋，他想請我過去看看那到底是什麼鳥。」

「你看，穿黑衣服的大個子傢伙，就是大黑熊惡靈。」吉奧扯著嗓門說。

「然後呢，然後發生什麼事？」藤蔓著急的問。

「然後我就和他來到迷霧幻想湖邊，接著我感到一陣暈眩，就昏倒了。醒來發現自己怎麼已經回到部落，我以為是誰把我帶回來了，但是很奇怪的，部落裡一個人也沒有，也沒有半點聲音，我也找不到回我研究室的路。這一切變得很詭異。見到你們我真是太高興了。」夏雨說。

「你就那麼相信那個大個子傢伙呀？」多米覺得不可思議，大人居然也會這麼糊塗的隨便相信陌生人。

「我也覺得奇怪，我並不認識他，卻莫名其妙的相信他說的每一句話。」夏雨說。

「這裡並不是真的卡嘟里部落，是假的。」優瑪試著跟夏雨解釋。

「假的？什麼假的？這部落怎麼會是假的呢？」夏雨環視四周，卻看見道路的另一頭出現一個熟悉的人影。「那個傢伙——不會也是假的吧？」

大家隨著夏雨的目光望過去。

「爸爸！」瓦歷叫了起來：「他怎麼也來了？」

阿通穿著整套登山裝備，右手提著一只鳥籠，神情沮喪的走著，看見前面這群人，彷彿在沙漠中遇見綠洲，整個人雀躍起來。

「看見你們真好！」阿通笑臉盈盈的說：「我居然在自己的部落裡迷路，哈哈哈，真是怪了，我明明站在迷霧幻想湖邊，但是有個什麼東西鑽進我的鼻孔，我打了一個噴嚏後暈倒，醒來發現自己躺在家裡的床上。我一醒來，床突然變成一陣煙不見了，摔得我現在腰還痛著呢！好像作夢一樣。接著就更奇怪了，我找不到去迷霧幻想湖的山路，那條路我走了三十年了！真可惜，白色霧鳥可能早就飛走了。」

「我就知道你居心不良，你手上還拿著鳥籠，你這個現行犯！」夏雨生氣的指著阿通罵了起來，阿通剛剛張開嘴巴想反擊，卻被藤蔓的問話中斷了。

「也是穿黑衣服的大個子傢伙告訴你迷霧幻想湖上有霧鳥在盤旋嗎？」藤蔓問。

「是啊！他還叫我快去，免得飛走了。」阿通說。「我飯都沒吃就匆匆趕去。現在餓得前胸貼後背，家裡的食物居然碰一下就冒出一陣煙消失了！」

「爸，我們現在腳踩的地方是假的卡嘟里部落，事實上我們是站在迷霧幻想湖上頭。」瓦歷解釋著。

阿通和夏雨臉上同時出現驚奇的表情。優瑪把他們如何發現以及進入假卡嘟里部落的情形說了一遍。

「如果是有心安排，那也要能讓你們喊出卡嘟里部落才行啊！」夏雨說。

「是啊！我就這樣想都不想的喊出『卡嘟里部落』。」優瑪說。「接著我們就像獵物掉進陷阱一般，掉進了假的卡嘟里部落。」

「這一切就是這麼巧！」多米說。

一種恐怖的感覺湧上優瑪的內心，她覺得好像有什麼無法掌控的力量在控制他們的思想。

「我們不要再逗留，先離開這裡再說吧！這裡有一種邪氣，快讓我無法呼吸了。」多米害怕的說。

「優瑪，我們還是先離開這裡吧！我總覺得不知道什麼時候，我們現在站立的地方會變成一陣煙，然後我們就掉進幻想湖，變成翹尾巴小水怪的點心。」胖酷伊擔憂的說。

三三兩兩的族人陸陸續續從四面八方湧現，神情顯得相當不安與慌張，看見優瑪便衝上前：「我的家和我曬的玉米全都冒煙不見了！」族人哭訴著。

「這是怎麼回事？我們的村子是怎麼回事？我只是打個盹兒，醒來發現我家牆壁輕輕碰一下就破了一個大洞！」

「卡嘟里部落惹到邪惡的惡靈，這下要完蛋了。」族人們擋在優瑪面前，七嘴八舌的說著自己奇異的遭遇。

「你們怎麼來了？誰讓你們來的？」吉奧扯著嗓門大聲的問。

「是啊！你們怎麼來的？」優瑪說。

「不知道是誰在部落裡燒樹葉，濃煙一陣一陣的撲過來，我聞到後打了幾個噴嚏就睡著了。醒來就在這兒了。」族人們七嘴八舌的說著。「這是怎麼回事啊？」

「你們不要急，我們就快要找到答案了，這個部落是假的，你們的房子、玉米全都好端端的，一點事也沒有……」優瑪試著安撫族人。

「什麼真的假的？卡嘟里部落怎麼會是假的呢？你到底在說什麼呀！」

靠攏過來的族人愈來愈多，裡三層外三層的把優瑪等人團團圍住，問題像冰雹一般落下，優瑪幾乎無法招架！

「大家冷靜，大家冷靜一下。」帕克里渾厚、充滿權威的嗓音一落下，族人們嘈雜的聲音立即嘎然而止。

「優瑪頭目說的沒錯，我們雙腳站立的這塊土地，並不是真的部落，是用一種巫術變出來的地方。」帕克里說。

「既然是巫術變出來的，為什麼我們可以站得這麼穩呢？」

「這是一種很厲害的巫術，連掐拉蘇都無法破解。」帕克里說。

「連掐拉蘇都破解不了的可怕巫術？」族人們臉上露出驚懼的神色。

這是不是意味著他們永遠也離不開這個假部落？族人們將懷疑的目光拋向優瑪。漸漸的，開始有人抽噎哭泣、有人嘮嘮叨叨、有人低聲咒罵。

假的卡嘟里部落因為族人來來往往的碰觸以及撫摸，崩的崩，散的散，形成斷垣殘壁，一片破落的景象。

族人們或坐在地上、或不安的走來走去，被困在一個沒有出口、沒有退路、沒有食物、沒有水源也沒有時間的虛無空間裡。這是他們生命所經歷的事件中，最恐怖的經驗。

「我記得迷霧堡主曾經說過，想像是進出迷霧幻想湖唯一的一把萬能鑰匙，這是什麼意思呢？」優瑪不解的問。

「我們靠想像進來，也必須靠想像出去。可能是這個意思。」吉奧猜測。

「迷霧堡主還跟我說，城堡的外觀無論怎麼改變，都不會影響他們居住的環境，我們眼睛所看見的是自己想像的投射，這也不會真正改變迷霧城堡四百年來的內部模樣。除非……」優瑪叫了起來：「糟了，一定是有人偷看了我的日記！」

「你在日記上寫了什麼？」吉奧也緊張起來。

「日記裡記錄著迷霧城堡唯一可能遭遇到侵略的意外情況！」優瑪沮喪萬分的說：「這一切都是我害的！我毀了迷霧城堡，害慘了堡主一家人，他們現在生死未卜！我還毀了卡嘟里部落！」

「優瑪！」看見優瑪痛苦的模樣，吉奧心疼的說：「不全是你的錯。也許我們應該先找出堡主一家人，迷霧堡主一定有辦法解決這個問題。但是該從哪裡找起呢？所有的事情都沒有頭緒。」

「玄機就在這裡，我們站在湖岸邊，喊出我們的各種想像，好像鑰匙和匙孔一樣，配對了，我們就進來了。」優瑪說。

「優瑪，藤蔓好像瘋了，他在部落裡跑來跑去，嘴裡一直喊著『霧兒』這個名字，最後，就坐在地上很傷心的哭了好久。」多米說。

這一切是多麼的混亂哪！但是，優瑪沒有時間理會藤蔓。

優瑪想起迷霧堡主說過，只有邪惡的力量可以入侵迷霧空間。她的腦際浮現大黑熊惡靈哀傷的臉，終於明白大黑熊惡靈的用意。牠想把卡嘟里部落的人鎖在這個虛幻的空間裡，這樣森林裡的小熊和其他動物就可以在真實的卡嘟里山區安全的自由奔跑嬉戲。

「大黑熊惡靈企圖把所有的人鎖在這個假部落裡。」優瑪說。

「牠這樣做，不就沒有人幫牠找回小熊了嗎？」吉奧說。

「牠一定以為小熊死了，才做出這樣的報復行動。」優瑪說。

優瑪有一種近乎絕望的感覺，如果他們一直困在這裡，沙書優回到部落將找不到他們，他們也將餓死在這個虛幻、沒有半點食物的假部落裡。優瑪努力的掩飾這種絕望的感覺，故作輕鬆的傻笑著：「我們會想辦法出去的，一定可以想到辦法。」

以前奶奶呢？她是不是也來到這個假部落了？怎麼不見她的人影？優瑪問了幾個族人是否見到以前奶奶，他們都搖搖頭。

糟了！優瑪緊張起來，她焦急慌亂的在人群中奔跑，尋找以前奶奶的身影。多米和吉奧也跟在優瑪身後幫著找尋以前奶奶。

「姨婆！」優瑪用哽咽的聲音喊著。優瑪的母親在優瑪出生六個月後就病死了，從此以前奶奶就像母親一般的照顧著小優瑪。

以前奶奶是唯一不住在卡嘟里部落裡的人，她的人、她的心和她的記憶，都住在「以前的」部落，她生活在過去的想像裡，所以並沒有受到大黑熊惡靈的詛咒。一定是這樣的。那該怎麼辦呢？她一個老人家住在部落裡，萬一他們永遠被鎖在這個假部落，誰來照顧她呢？

15 想像密碼鎖

　　優瑪一路跑回家，想看看以前奶奶在不在那兒。跑進庭院，見到以前奶奶拿著竹掃把在庭院裡掃落葉，堵在優瑪胸口的巨石瞬間落了下來。無論如何，就算是假的部落，一家人也應該在一起。優瑪上前摟住以前奶奶，悲喜交集的哭了起來。

　　以前奶奶一臉疑惑的問道：「咦，你不是去找帕克里嗎？這麼快就回來啦！他沒有答應你對不對？」

　　「找帕克里？沒有哇！答應我什麼？」優瑪不解。

　　「你說要去找帕克里把頭目讓給他呀！我猜呀，他一定拒絕了，還罵了

你一頓，對不對？」以前奶奶笑著說。

優瑪驚訝的看著以前奶奶，找帕克里是一個禮拜前的事啊！以前奶奶的記憶又開始錯亂了。

「有人在部落裡燃燒樹葉冒出好大的煙，你有沒有看到？」優瑪問。

「是有好大的煙沒錯，但是，那是阿修家在煮飯，我聞到好香的飯香啊！」以前奶奶邊掃落葉邊說：「這些落葉真奇怪，掃著掃著就自己不見了。」說著說著，她手上握著的竹掃把也化成一陣煙消失了。

「你看，以前從來也沒發生過這樣的怪事。」以前奶奶一臉困惑。

優瑪無法跟以前奶奶解釋，落葉不見是因為這是假的部落，地上的落葉是虛幻的，一碰觸就會消失。優瑪帶著以前奶奶來到大夥兒聚集的地方。

優瑪仰頭看天，這個假的天空，只不過是一個灰白的色調。優瑪洩氣的蹲坐在地上，搓揉她一頭已經夠亂的頭髮。她幾乎就要放棄了，就讓時間帶著他們走向絕望的死亡幽谷吧！她轉念又想，如果換成沙書優，他會怎麼做呢？他向來就是一棵大樹，讓所有走向他樹蔭的人，感到安全與幸福，他絕對不會輕易放棄。優瑪甩了甩頭，將灰色的念頭甩出腦袋。一定有辦法的，一定會有辦法的。

「當時，我說了『卡嘟里部落』，所以我們就進入了這個假部落，然後被困住。這就是說，『卡嘟里部落』是一個密碼鎖，你說對了，就進來了。現在，我們要出去，也需要一個密碼鎖。」優瑪說。

「密碼鎖？那是什麼？」吉奧問。

「帶我們走出這裡的重要想像。」優瑪說。

「達卡倫、沙書優、卡里卡里樹、卡里溪、檜木霧林、檜木精靈……」

多米沒頭沒腦的唸著部落裡的東西和人物，也許密碼鎖就在其中。

以前奶奶坐在一旁，喃喃自語的說著：「以前哪！卡嘟里部落連一個鎖也不需要，沒有什麼需要鎖的，因為沒有什麼可以偷的。」

族人們望著以前奶奶，很快的又將眼神拋向別處。他們已經習慣這個老人家隨時隨地把以前掛在嘴上。只要以前奶奶開口訴說以前，族人們也不會出言阻止，只會將以前奶奶說話的聲音當作拂過耳際的風。

「以前以前的卡嘟里部落呀！可漂亮了。」以前奶奶的眼睛因為看見以前部落的樣子而變得閃亮起來。

優瑪看著以前奶奶陶醉的訴說著以前，有一種模糊的東西撞了她一下，以前、現在、想像，想像、以前、現在……這幾個字眼在優瑪腦海裡快速的旋轉著，旋轉的速度愈來愈慢、愈來愈慢，終於停了下來。

「對了，就是這樣，就是這樣。」優瑪整個人跳了起來。「就是這樣！」

族人們嚇了一大跳，紛紛轉頭看著優瑪。

「我找到『密碼鎖』了！」優瑪激動的說著。

「是什麼？」吉奧和瓦歷等人也從地上站起來，好奇的問。

「現在，大家什麼也不要想，專心聽以前奶奶說話，讓我們跟隨著以前奶奶回到以前的卡嘟里部落。」優瑪大聲的說著。

族人們一頭霧水，嘮叨個不停的以前奶奶能帶我們離開這個鬼地方？

「以前奶奶是唯一不住在卡嘟里部落裡的人，她的人、她的心和她的記憶都住在『以前的』部落，她一直生活在過去的想像裡。如果我們能夠暫時丟開腦子裡太多複雜的想法，然後跟著以前奶奶想像以前的部落，也許就能離開這個不真實的地方。」優瑪試圖說明她的想法。

「『也許』？」族人們又開始議論紛紛。這樣就可以離開這個地方嗎？大家臉上出現疑惑的表情。這不會又是小孩子把戲吧！

「任何可能帶我們離開這裡的方法，我們都要試試。」帕克里站出來說話：「大家就照著優瑪頭目的話做吧！」

於是，所有站著的人都坐了下來，試圖調整自己的呼吸讓自己的心靜下來。以前奶奶根本不知道到底發生了什麼事，仍然叨叨絮絮的說著已經說了十萬八千次的以前：

「以前的卡嘟里山上梅花鹿滿山奔跑呢！有一次我還被一隻調皮的小鹿撞倒，呵呵呵。以前的部落呀什麼也不缺，小米、地瓜、玉米、芋頭，還有很多很多的水果蔬菜，年年豐收哇！以前哪！我家裡芋頭不夠吃了，就拿一點小米跟你家換。有獵人從山上打獵回來，每一戶人家都可以分到新鮮的豬肉。以前的卡嘟里部落呀！是山神的寶貝，安安靜靜的像個小嬰兒，躺在卡嘟里山的懷抱裡，享受著幸福的生活。」

以前奶奶的眼睛笑得瞇成一條縫，她用緩慢的語調所敘述的以前，在族人們的腦海裡建構出一幅美麗的圖畫，他們安靜的聆聽，彷彿真的感受到那份寧靜與幸福。

「當太陽要回到西邊的山裡，卡嘟里部落可就熱鬧了，母親扯開喉嚨，要把在山裡貪玩的孩子喚回家吃飯，於是孩子們的名字此起彼落，形成一種優美的旋律，在卡嘟里山區迴蕩飄揚。就算在很遠很遠山裡的某個地方，我也可以聽見媽媽呼喚我回家的聲音：『回家吧！趁著太陽還願意為你照路的時候，快點回家吧！』」

以前奶奶最後一句「回家吧！」剛剛落了地，四周突然緩緩的變暗，大夥兒心頭一驚，誰也沒敢出聲，就連以前奶奶也嚇得停止述說以前。在持續了十秒鐘的黑暗裡，世界一片靜寂。這會不會就是死亡前的黑暗呢?就在族人們感到絕望的時候，黑暗由濃黑逐漸變淡，彷彿快轉鏡頭正播放著從黑夜到黎明時刻的過程，四周漸漸變得明亮清朗。一座雄偉的城堡在大家眼前，像拼圖一般一塊塊的組合起來，接著，城堡前的草地與水池也出現了。

優瑪驚訝的看著眼前的變化，這是哪裡呢？怎麼有點眼熟？優瑪看著城堡，臉上緩緩綻開燦爛的微笑，多麼熟悉的地方，不久前她才來過。

族人們紛紛議論著眼前這個陌生的地方。

城堡傳來唧唧嘎嘎的開門聲，迷霧堡主走了出來，優瑪迎向前去。

「我們又見面了，優瑪小頭目。」迷霧堡主笑咪咪的說。

「迷霧堡主，這是怎麼回事？」優瑪不明白當正邪城堡重疊時，迷霧堡主一家去了哪裡？

「一個集體的想像意念形成一股強大的力量，讓你們衝破了那道看不見卻相當強勁的詛咒之牆。」迷霧堡主說。

優瑪鬆了一大口氣，果真是以前奶奶的以前，把大家帶離那個詭異且恐怖的假部落。

「為什麼同樣是想像的世界，一個這麼友善，一個卻這麼邪惡呢？」優瑪問。

「那是因為想像被邪惡的意念控制了。」迷霧堡主說：「這就像被烈火焚燒過的木頭終將變成脆弱的木炭，一碰觸就變成碎屑。想像原來是一種非常單純的美麗，一旦被邪惡的意念利用，將變得非常恐怖。你們剛剛離開的那個假的卡嘟里部落，就是被詛咒的想像。」

「如果我們什麼也不想，是不是就可以遠離危險呢？」多米問。

迷霧堡主笑了起來：「那就矯枉過正啦！想像是一種美好的境界，想像力對人類的影響太大了。有人利用想像發明了各種科技。印度人最擅長利用想像，讓心情達到平靜。但是，就有人利用想像創造了邪惡的巫術，設置了一個鑰匙孔，配好了一支想像鑰匙，一旦配對成功，邪惡之門就開啟了。」

「我們進入的是用想像變出來的迷霧城堡，為什麼你們不在裡面呢？當時你們在哪裡？」優瑪問。

「迷霧城堡是一個想像空間，想像是一個無限大的空間，這個空間不會互相排擠，每一個人的想像都可以獨立存在。」

「照這樣聽來，誰都可以在迷霧幻想湖創造自己的想像空間囉？」瓦歷好奇的問。他腦子想到的是一個珍奇種子的世界。

「理論上是可以的，呵呵呵，實際上，你得要有一點本事才行，四百年來，也只發生過這一次，大黑熊惡靈的確擁有可怕的力量。」迷霧堡主說。

「那你們到底是不是人？」多米懷疑的問。

「正確的說，我們並不是人，但是，我們也不是誰憑空想像出來的東西。我們只是善於使用『想像』的一群──嗯，『人』。」迷霧堡主說。

「但是，為什麼以前奶奶說的以前故事，並沒有直接把我們帶回真實的卡嘟里部落，而是帶到你這裡來呢？」優瑪又問。

「因為你們是人類，不能憑著自由意志移動身體。你們被帶進這個空間，要離開當然得跨越這座想像的橋，才能回到真實的世界。」迷霧堡主說。

優瑪轉身對族人們解釋，剛才是以前奶奶的以前故事把大家帶到這個安全的地方，這個地方就是迷霧幻想湖上的迷霧城堡。她要大家不要害怕，迷霧堡主是一個友善的人，他會讓每個人都安全回家。

迷霧堡主放下霧橋，族人們魚貫的走上橋，好奇的東張西望，翹尾巴小水怪躍出水面，怪聲怪氣的笑著。

族人紛紛走過霧橋，抵達湖的對岸，優瑪這才發現藤蔓不見了！

「你們有沒有見到藤蔓？」優瑪問。

「這一切這麼混亂，誰會注意到藤蔓呢？」瓦歷環顧四周，他連自己的父親阿通都沒見到呢！

「我確定沒看見。」多米說。「我的眼睛忙得很，也許我這輩子只有這一次機會好好欣賞真正的迷霧城堡。」

「他已經過了霧橋，和一個女孩子往森林走去。」吉奥說。他看到了，但是他沒有張揚，只是安靜的目送他們離開。相愛的人就應該在一起。

迷霧堡主皺起了眉頭，他轉頭朝城堡二樓的一扇窗戶看著，窗戶邊站著一個穿著淺綠色衣服的長髮女子，她讀懂了迷霧堡主眼神傳遞的訊息，突然悲傷的掩面離開了窗邊。優瑪也感染了離別的哀傷，她看了看帕克里和伊芬妮，他們看似平靜的眼底也流洩了幾許憂傷。

「孩子長大了有自己的想法，由他去吧！」藤蔓的父親帕克里語調平靜的說。他看看迷霧堡主，彼此交換了複雜的眼神後，帕克里扶著伊芬妮的肩膀跨上霧橋，沉默的往彼岸走去。

雖然再一次破了大黑熊惡靈的詭計，優瑪在回程的路上，步伐依然沉重得彷彿行走在泥濘不堪的山徑上，每一步都得用力的將腳拔起，才能往前跨出另一步。優瑪擔心的是，大黑熊惡靈下一步又要玩什麼惡毒的把戲呢？

回到卡嘟里部落，一輛小貨車橫阻在部落唯一的山徑上，兩個警察與夏雨站在貨車旁商議著什麼。「優瑪頭目。」夏雨一臉笑意的朝優瑪揮手。等優瑪走近，夏雨雀躍的說：「小熊已經找到了。」

小熊找到了？優瑪覺得太意外了！

「真的嗎？小熊在哪裡？」優瑪喜出望外的說著並且朝貨車望去，小貨車上擺著兩個鐵籠，兩隻小熊安靜的坐在鐵籠裡。

「我們冒著生命危險開車載著小熊好不容易才抵達，結果等了半天，整個卡嘟里部落像一座空城，你們去了哪裡呀？」其中一個微胖的警察繼續抱怨著：「山路小到根本只適合腳踏車，我們一邊開車還一邊開路呢！真是想到還要冒險下山，頭都痛了。」

卡嘟里山區本來就不適合開車來呀！優瑪在心裡回應了國家警察的抱怨。

「找到小熊，森林裡的熊好像知道似的，你看那裡。」

優瑪循著夏雨的目光往叢林望去，遠處樹林站立著兩隻大黑熊。牠們只是站在那兒等著，就只是等著。

「牠們來接小熊了。」夏雨激動得眼眶泛紅，淚水在打轉。

「牠們回家後，大黑熊惡靈應該就不會生氣了！」優瑪鬆了一大口氣。

工作人員指示優瑪等人往後退到安全的地方，兩名動物警察握著麻醉槍以防意外發生。貨車上的鐵籠緩緩的被拉開，兩隻小熊探頭探腦的望著周遭環境，不知道自己已經獲得自由，直到遠處兩隻大黑熊發出驚人的吼聲，小熊這才走出鐵籠跳下貨車，往樹叢裡的大黑熊狂奔而去。

「去吧！小熊，沒有媽媽的日子，你們一定要照顧自己，記得要留意自己的安全，別再給壞獵人逮到了。」優瑪激動得流下眼淚。

「我在牠們的腳上裝了電子追蹤器，可以持續觀察牠們在森林裡的生活，知道牠們是否平安無事。」夏雨說。

「這樣大黑熊惡靈會不會不高興啊？萬一又惹牠生氣，那就糟了！」優瑪擔憂的說。

「大黑熊惡靈知道我的出發點是善意的。」夏雨篤定的說。

優瑪感到前所未有的輕鬆，小熊終於回到森林，獵人受到法律的制裁，大黑熊的靈魂可以得到安息了。

16 天神的禮物

曙光乍現，天上掛著少女般淡淡的眉月，細細彎彎的，若斜歪著頭瞧，眉月更像慈祥老人含蓄滿足的微笑。卡嘟里山正緩緩睜開惺忪的睡眼，灰白的山影，逐漸恢復白日的翠綠山巒。

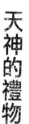

卡嘟里部落傳出清脆的木槌敲擊聲，一聲緊接著一聲。

晨曦驅散了山區的濃霧，卡嘟里部落籠罩在金色的陽光中，顯得寧靜而幸福。平安離開假部落回到真實部落的族人們，早早就起床，開啟忙碌的一天。他們的臉上掛著喜悅與滿足的微笑，家屋的一磚一瓦、儲藏室裡貯存的芋頭、玉米和醃肉，摸起來是那樣真實，這氣味多麼芳香啊！原來這就是幸福的味道！

才三天不見，卡里卡里樹竟然開花了！距離平常開花時間提早了一個月呢！真是太不尋常了。

優瑪站在卡里卡里樹下，仰頭看著樹梢，樹葉尖翹分叉的尾端在風的吹拂下，彷彿群起飛翔的燕子；枯萎的樹葉紅豔豔的點綴在綠葉叢中，像火紅的燕子，和諧的與多數綠燕子共享寬闊的藍天。優瑪伸出雙臂，緊緊的抱住卡里卡里樹幹，將臉頰與耳朵貼在樹幹上，彷彿這樣可以傾聽樹的心聲。

「請你告訴我，我該怎麼做，才能不讓你受到傷害？」

一陣狂風吹過，樹梢窸窸窣窣的搖動著，稀稀落落的枯紅葉片以曼妙的姿態緩緩飄落，彷彿在對優瑪說，別擔心，大自然的事就交給大自然去處理吧！

優瑪和胖酷伊往岩石山的方向走去，準備去查看岩石山的裂縫。胖酷伊一路把玩著手上的長矛，一點也沒有發現優瑪突然被一雙強勁有力的手給拖進樹叢裡。

優瑪被摀住嘴巴拖行了一段距離後才被鬆開，她氣呼呼的轉身準備破口大罵，卻看見藤蔓和一名美麗的女子站在面前。優瑪硬生生的把已經湧到喉頭的話給嚥回去。

「藤蔓，你這是幹什麼呀！」

「對不起，優瑪頭目。」藤蔓對於自己用這樣粗魯的方式約見優瑪覺得抱歉：「很抱歉用這樣的方式，但是，我必須見你一面。」

優瑪沒有回答藤蔓，只是目不轉睛的望著站在藤蔓身旁的那個女孩。女孩細柔黑亮的頭髮從雙肩垂下，白皙紅潤的鵝蛋臉，一對水汪汪的眼睛眨呀眨的望著優瑪。

「這位就是霧兒吧。」優瑪驚訝的微笑著說：「你真的好漂亮！」

「我還沒有親口謝謝你幫我送信給藤蔓。」霧兒姑娘嬌羞的說。

「優瑪頭目，霧兒已經是我的妻子了。」

「啊！帕克里知道嗎？」

「帶霧兒回家那天，我父親沒有說話，我看見他皺了一下眉頭後轉身就進房間。我母親很體諒我，她同意我的選擇，但是，父親他……」藤蔓心疼的牽起霧兒的手，深情的說：「我們相愛並沒有錯。」

「迷霧堡主……他……」

「我父親沒想到我會嫁給住在湖之外的人類，他不准我再回到迷霧城堡。」霧兒姑娘悠悠的說：「每年我們都會舉辦迷霧大會，世界各地的迷霧家族都會參加，未婚的男女就趁這個機會相互認識，覺得適合就成親了。」

「你是說，每一個湖都住著一個迷霧家族嗎？」

「是的。」

「這樣啊！」優瑪驚歎道。

「我向來不喜歡參加這樣的聚會，有一次，我溜出來了，決定到卡嘟里部落去瞧瞧，聽說那裡有兩棵神奇的卡里卡里樹。」

「我們在山上那棵卡里卡里樹下相遇了。」藤蔓深情款款的望著霧兒：「她是我見過最美麗的姑娘。」

「你們打算怎麼做呢？」

「我們會離開卡嘟里部落。」藤蔓說：「請你多多看顧我的父母親。」

「一直以來都是帕克里在照顧我、教導我。沙書優失蹤之後，他就像是我的父親。」優瑪說。

藤蔓從口袋裡拿出三頁紙張，交給優瑪：「這個還給你。」

優瑪接過來：「這是什麼？」

「頭目日記。對不起，我潛入頭目書房撕下這三頁日記。」

「你怎麼可以這樣做！」優瑪覺得生氣。

「真對不起！我當時必須進入迷霧城堡，向霧兒以及迷霧堡主表達我的心意，我無計可施，才潛入書房。優瑪頭目，請你原諒我！」藤蔓懇切的說。

這就是愛情嗎？這就是讓人失去理性的愛情嗎？優瑪看著藤蔓和霧兒，心裡已經原諒他們了。

「請等一下，霧兒，我可以問你一件事嗎？」

霧兒微笑著點頭表示同意。

「迷霧家族並不是人類，而是借了人類的形體，你們原來的樣子到底是什麼呢？」優瑪心裡想著，若藤蔓知道迷霧家族竟然是癩蝦蟆家族，那他到底還會不會這樣深情的愛著霧兒呢？

霧兒笑著說：「你不會想看我們原來的樣子的。」

霧兒的回答與迷霧堡主的回答居然一模一樣！但是，這是什麼話？優瑪想知道想得快發瘋了！不肯說，那肯定就是癩蝦蟆了。

藤蔓和霧兒朝優瑪揮揮手後，手牽著手消失在叢林裡。

優瑪費了好大的勁才鑽出樹叢回到山徑上。胖酷伊正四處找尋她。見到優瑪從矮樹叢裡鑽出來，驚訝的問道：「優瑪，你在裡面做什麼呀！害我找了半天。」

「我在裡面做什麼呢？」優瑪努力思索想找出一個好的說詞：「我在裡面探險哪！走吧，咱們回家吧！」

「回家？不是要去看岩石山嗎？」

「今天輪到誰看守岩石山？」

「瓦拉和大樹。」

「對於他們兩個，我有什麼好不放心的。我要回去寫頭目日記。」優瑪大搖大擺的往下走。她得把這麼淒美浪漫的愛情故事寫進頭目日記裡。

藤蔓和霧兒的愛情，就像霧一樣，令人著迷、令人費解、令人迷惑。愛情是什麼東西呢？怎麼把藤蔓變成這樣？讓他拋下部落、拋下日漸年邁的父母，和霧兒姑娘遠走高飛。

關於藤蔓和霧兒的傳說，一件又一件的在部落與鄰近部落傳開。有人在卡嘟里山的山頂看見藤蔓和霧兒牽手在雲端散步；也有人看見他們在迷霧幻想湖裡快樂的游泳戲水；也有獵人說在一個濃霧的早晨，看見藤蔓帶著霧兒在森林裡狩獵；有人說他們遇見檜木精靈，許願變成一對在卡嘟里森林奔跑的梅花鹿；鄰近部落的人則傳說，他們已經遠離卡嘟里山區到城市生活。每個人都說得繪聲繪影，認真探問起來，卻個個無法保證是自己親眼所見。但是，每個人都歡喜聽歡喜講，愈神祕無解的故事就愈是動聽。

帕克里和平常一樣，幫著優瑪處理部落裡大大小小的事。優瑪有時候看著帕克里，覺得他好像蒼老了許多。

正午時分，突然雷電交加的下起了大雷雨，族人們從田裡和森林裡趕回來，大家邊吃飯邊討論這場大雨。用過午飯，昏昏欲睡的時刻，岩石山上突然傳來密集的鑼鼓聲，擴音器裡傳出緊急的聲音：

岩石就要崩裂了，請大家趕快離開紅色警戒區！岩石就要崩裂了，請大家趕快離開紅色警戒區！

所有在屋子裡吃飯的、午睡的、打盹兒的，全都用最快的速度衝出去，跑到安全的區域。

鑼鼓聲持續響著，擴音器警告並催促族人離開的聲音一聲響過一聲：

岩石就要崩裂了，請大家趕快離開紅色警戒區！岩石就要崩裂了，請大家趕快離開紅色警戒區！

沒多久，一聲巨大的雷響從卡嘟里上空炸了開來，隨即而來的閃電夾帶著一顆金光閃閃的火球劈向岩石山，一聲轟然巨響，撼動整個卡嘟里山。族人們驚嚇得以為這下完蛋了！崩塌的可不是一塊岩石，而是整座岩石山！

優瑪看著岩石山的方向冒出一陣濃濃的黑煙，驚嚇到一顆心卡在喉嚨，幾乎不能呼吸！怎麼回事？岩石不是被雷擊中了嗎？怎麼還沒有滾下來？怎麼無聲無息呢？

族人們的心七上八下，鑼鼓般的響著。

大雷雨持續下了五分鐘後，漸漸停了，太陽從逐漸散去的烏雲邊緣露出半張臉。趁這個當兒，族人們一個個繞著部落邊緣的安全路線衝到岩石山去。

族人們不敢相信自己眼睛所看到的，他們不知道該說什麼，只是喃喃自語的說著一些感謝天神的話語。

嚇！怎麼會這樣？怎麼會這樣？

天下怎麼有這麼巧的事？

天神保佑我們卡嘟里部落！天神保佑我們卡嘟里部落呀！

這樣的結局，真是太好了！真是太好了！

感謝天神的保佑！

岩石終於崩塌了，但是它並沒有滾落森林壓扁部落，也沒有掉進迷霧幻想湖。原來，剛才那一聲巨響，是閃電在岩石下方劈出一個大坑洞，大小剛好接住掉下的岩石，彷彿是為即將掉落的岩石量身打造的一般。崩塌岩石的斷裂面平坦而光滑，有人跳上平台開始跳舞慶祝，部落有驚無險的度過一個大難關，是一件多麼值得慶祝的事啊！

舞蹈才剛剛開始，卻又立即停止，幾個族人蹲在地上彷彿在研究什麼。

「優瑪頭目，優瑪頭目，你快來看，快來看哪！」大樹焦急的向優瑪招手。

優瑪和吉奧、瓦歷還有多米正在討論岩石下方那個凹洞，就見到岩石上的族人們慌張的對優瑪招手。優瑪一顆心提到喉頭，不會又發生什麼恐怖的事吧？她和吉奧等人三步併做兩步的跑到岩石斷面上。

大樹指著岩石上一個簸筐那麼大的圖案：「優瑪頭目，你看。」

優瑪一見到地上的圖案，立刻激動的跪了下來！她輕輕的撫摸著那個太陽圖騰，那是父親沙書優留下的線索，他總是在完成一件雕刻作品之後，刻一個太陽以及十二道光芒的圖案。優瑪的眼淚滴在太陽圖案上頭，這個圖案證明沙書優還活著，他真的還活著！他只是一時片刻無法趕回來，有一天，他一定會回到卡嘟里部落。

「老頭目請雷神帶來這個記號，通知我們，他還活著。」帕克里激動的說。

優瑪站起來，擦掉眼淚，溼潤的眼裡閃爍著幾分喜悅，她環視群山，深信沙書優正在森林的某處看著她。

「優瑪頭目，我們給這個地方取個名字吧！」帕克里說。

「叫它什麼好呢？叫它『天神的禮物』平台好了。這裡的視野多棒，可以俯瞰整個卡嘟里部落，我們以後都在這裡舉辦豐年祭。」優瑪說。

「是啊！是天神的禮物，真好的名字。」帕克里真心的讚美。

族人在「天神的禮物」上盡情的跳舞。

優瑪站在平台上看著部落，剛剛那場大雨，刷洗了葉片上的塵埃，森林呈現一片油亮的綠，顯得朝氣蓬勃。卡嘟里部落安靜的像個小嬰兒，安穩而幸福的躺在山的懷抱裡。

「如果沙書優明天突然回家，對於卡嘟里部落發生的種種變化，他會多麼驚訝！」優瑪心裡想著。

清涼的風一路從卡嘟里森林吹送到「天神的禮物」，風裡夾帶著一股清甜得讓人想微笑的花香。優瑪驚訝極了，卡里卡里樹的花香居然可以飄送到這裡來。

沉浸在幸福洋溢氛圍裡的優瑪想要雕刻了。她想將最近發生的這些事用雕刻的方式記錄下來。沙書優曾經說：「雕刻是卡嘟里文化最大的特色，我們用雕刻記錄部落和祖先的故事，以及英勇獵人的狩獵事蹟。」

優瑪看了一眼正在狂歡跳舞的族人，心裡吶喊著：「跳吧！盡情的跳舞吧！」她內心澎湃激昂的跑出平台往部落衝去，她現在就要去雕刻，她終於可以雕刻了。因為沙書優就快要回來了。

友漁老師的創意閱讀寫作術

我讀了很多書，為什麼我的作文還是寫不好？

曾經有人問我，他讀了很多書，為什麼作文還是寫不好？

我們先來想像一下，當你胃痛或肚子痛去看醫生，醫生會問你：「最近吃了什麼呀？」感冒發燒流鼻涕時，醫生也會問你：「最近去了哪裡？有沒有出國去過疫區？是否衣服穿太少著涼了呢？」

作文寫不好，和感冒一樣有很多的因素，我們也來自我診斷一下。

・（　）你是不是只挑簡單的、薄薄的、好笑的書來讀？
・（　）你是不是只看漫畫？
・（　）看書的時候，是不是狼吞虎嚥或只顧著看想看的部分？
・（　）你是不是看完一本書就再也不回去翻它了？

・（　）看到沒有插圖的書就不想看嗎？

・（　）看到很厚的書就害怕得不想翻開嗎？

如果以上六點你的答案全都是「〇」，那表示你得了很嚴重的「閱讀偏食營養不良症」，非常缺乏「文學維他命ABCDEFG」，因此造成作文能力不佳。這種症狀只要補充「文學美學營養素」，經過一段時間的調養就可以改善。

文學美學營養素的五個補充步驟：

一、挑選有文字美學的優良書籍來閱讀。什麼是文字美學呢？就是用文字描寫一種場景、一種狀態、一種心情，讓你在閱讀的過程，彷彿在品嚐甜而不膩的冰淇淋或是五星級美食。如此，讀者就能在閱讀故事的同時，也學習文字的運用。先隨手翻開你想讀的書，看看書裡是否有運用到修辭學的技巧，例如譬喻法、隱喻法、誇飾法等。

二、挑好了書，請準備一枝筆。如果書是借來的，請多準備一本筆記本。

三、請你一邊閱讀一邊畫線，把很棒的句子畫起來。借回來的書就請用抄寫的方式記在筆記本上。什麼是很棒的句子呢？我以小頭目優瑪這套書來舉例，看到類似以下的句子或段落，請把它們畫起來。

幾個人七手八腳的爬上兩個人高的陡峭石壁，進入卡嘟里山最原始的森林——檜木霧林。蓊蓊鬱鬱的巨木林裡雲霧縹渺，空氣中瀰漫著濃濃的水氣，吸進肺部的空氣寒涼而清新，就連皮膚也感應到霧林的溼度和溫度的變化。放眼所見，每一棵檜木都是粗壯得需要十幾人環抱的千年大樹，它們直挺挺的以雄渾的氣勢聳入雲端，彷彿正在進行一場激烈的競賽，看誰最靠近天，誰就是最大贏家，就能得到溫暖的陽光做為獎賞。

——摘自《迷霧幻想湖》第六章

瓦歷培養的卡里卡里樹苗枯死了，他思前想後始終不明白到底哪個環節出了問題。為了了解卡里卡里樹生長的環境，每株幼苗給水量和曬陽光的時間都各有不同，卻在同一時間枯死，這是怎麼回事呢？

「沙書優說過，人類得順應自然而不是企圖改變自然，在大自然面前你什麼也不能做，也什麼都做不了，你只能漫步在森林裡，享受風的吹拂、靜聽鳥鳴，欣賞樹的英姿，然後微笑。」優瑪說。

——摘自《小女巫鬧翻天》第十六章

真心相信，紅衣頭子咀嚼著這四個字。真的這麼簡單嗎？你以為你真心相信，卻有一個縫隙，讓一點點的懷疑像流沙那樣流洩出去。紅衣頭子看著隊友自問：「我真心相信他們嗎？」然後他看見背叛者大山，大山是他最相信的人，結果，他卻將看似完美的計畫摧毀殆盡！只有生活在這片美麗森林的孩子，才能擁有「真心相信」的幸福吧！

——摘自《那是誰的尾巴？》第十四章

優瑪一行人啟程回部落，他們安靜的走在山徑上，回想剛剛發生的一切。雖然嘴裡說著「再也不去了」，但是，他們的好奇心已經像那些紫色小圓點，長出四肢和頭顱，朝著迷霧幻想湖狂奔而去了。

——摘自《失蹤的檜木精靈》第二章

夏雨的話就像一陣灼熱的焚風，將在場的每一個人都燒灼得像一株垂頭喪氣的小草。

——摘自《野人傳奇》第六章

以上這些只是舉例，整套書還有很多很棒的句子等你去畫線喔。

四、當你讀完整套書，也畫了很多很棒的句子，可以把書闔起來，兩三天後把書拿出來，再一次閱讀那些你挑選出來的美好句子。讀一遍就好，然後把書收起來放回書架上，就可以去玩耍了。

五、接下來，每天只要花一點點的時間，再閱讀一遍你畫過線的段落或是句子。如此一來，當你讀了十遍甚至二十遍，那些很棒的段落和句子，以及那本書的所有養分就會貯存在你的腦海裡。當有一天，你寫作文需要描寫天上的雲或是月亮的時候，腦袋裡貯存的優美文字就會跳出來幫助你。

一本書的價錢如果是兩百八十元，當你用這樣的方式閱讀，你已經把這本書的價值提升到兩千八百元，甚至是兩萬八千元。如果你的朋友或同學也有同一本書，那麼你們可以交換心得，討論彼此最喜愛哪一個段落或用詞，也許你會發現，哎呀！這段這麼精采，自己怎麼漏掉了呢？然後趕緊回家補做筆記吧。

以上就是我開的藥方，只要按這方法補充文學美學營養素，你的作文一定會慢慢好起來。如果你按照這個方法，將二十本畫好線的書閱讀二十遍以上，那我要恭喜你，你很有可能已經具備成為一個小小作家的潛力了。

一本書的存在價值，除了故事之外，更重要的是文字，閱讀文字是一種安靜的學習，讀多了，腦海裡貯存的養分自然就豐厚，有一天你要寫作文的時候，你讀過的文字就會派上用場。這就是為什麼我們需要閱讀優良的文學作品，因為認真的作家會在意他所使用的每一句話，甚至每一個字。

我到現在還使用這種方式閱讀。當我寫作碰到瓶頸時，我就會暫時停止工作，去旅行，或是閱讀記憶中那些棒得不得了的段落和修辭優美的句子，內心就會被愉悅充滿。我之所以閱讀，彷彿就是為了要尋找以及遇見這些優美的詞句，我也常常期勉自己的文字能帶給讀者同樣美好愉悅的感受。

少年天下系列 064

小頭目優瑪1
迷霧幻想湖

作　　者｜張友漁
繪　　者｜達姆

責任編輯｜張文婷
特約編輯｜劉握瑜
美術設計｜唐唐
行銷企劃｜葉怡伶

天下雜誌群創辦人｜殷允芃
董事長兼執行長｜何琦瑜
媒體暨產品事業群
總 經 理｜游玉雪
副總經理｜林彥傑
總 編 輯｜林欣靜
主　　編｜李幼婷
版權主任｜何晨瑋、黃微真

出 版 者｜親子天下股份有限公司
地　　址｜台北市 104 建國北路一段 96 號 4 樓
電　　話｜（02）2509-2800　傳真｜（02）2509-2462
網　　址｜www.parenting.com.tw
讀者服務專線｜（02）2662-0332　週一～週五：09:00~17:30
讀者服務傳真｜（02）2662-6048
客服信箱｜parenting@cw.com.tw
法律顧問｜台英國際商務法律事務所・羅明通律師
製版印刷｜中原造像股份有限公司
總 經 銷｜大和圖書有限公司　電話：（02）8990-2588

出版日期｜2015 年 6 月第一版第一次印行
　　　　　2023 年 4 月第一版第九次印行
定　　價｜300 元
書　　號｜BKKCK001P
I S B N｜978-986-91881-1-1（平裝）

訂購服務
親子天下 Shopping｜shopping.parenting.com.tw
海外・大量訂購｜parenting@cw.com.tw
書香花園｜台北市建國北路二段 6 巷 11 號　電話（02）2506-1635
劃撥帳號｜50331356 親子天下股份有限公司

國家圖書館出版品預行編目資料

小頭目優瑪1：迷霧幻想湖／張友漁 文；達姆 圖；
-- 第一版, -- 臺北市：親子天下, 2015.06
240面；17X22公分. --（少年天下系列；64）
ISBN 978-986-91881-1-1（平裝）
859.6　　104008586

卡嘟里